みんなの万葉集

万葉びとの暮らしと生きざま

大空出版

目次

はじめに

万葉集は「日本人の心のふるさと」なんていわれ方をする。七世紀半ばから八世紀半ばの人々の思いが詰まっている。彼らが千三百年前に考え、感じたことが、歌を通してストレートに伝わってくる。女の、そして男の息づかいが聞こえてくる。ときには秘め事まであっけらかんと詠《うた》われる。日本最古の文学作品であり、民俗資料であり、歴史書といってもいいかもしれない。

万葉集はわが国最古の詩集であるが、ふつうは「歌集」と呼ばれる。歌集などというと音符や歌詞が詰まった小冊子をイメージするかもしれない。もちろん、万葉集に音符があるわけはなく、漢字だけで綴られた定型詩が並ぶ。

すべて日本独自の定型詩――

長歌《ちょうか》

短歌《たんか》

旋頭歌《せどうか》、等々

それで詩集といわずに歌集という。

その大半は五・七・五・七・七形式の短歌で、長・短・旋頭歌すべて合わせると約四千五百余首に上る。これが二十巻に収まっている。

歌集の編集というと、高尚な文化事業を想像するかもしれない。しかし、万葉集がどのような目的を持って、どのように編集されたのか、これがよく分からない。二十巻という膨大なボリュームの歌集にもかかわらず、成り立ちは今に至るまで不明のまま。ホントに不思議な詩集なのだ。

編集意図がはっきりしていないだけでなく、内容も混沌《こんとん》としている。二十巻を貫く思想、なんていうと大げさだが、ようするに編集に一貫性がない。

テーマはさまざま

作者もいろいろ

いってみれば、雑多な歌の集積体、とにかくまとまりがない。

万葉歌というだけで、どれもが優雅、優美といったイメージを持つかもしれないが、そんなことはない。優雅な歌もあれば下世話な歌もある。一つ一つの歌を見ると、これがビックリ！　雅《みやび》な宮廷人の歌とも思えない、眉をしかめたくなるような歌も掃いて捨てるほどある。

「天皇の女を手に入れた官僚トップの自慢歌」
「自分の不運を嘆く悲傷歌」
「屎《くそ》を餌《えさ》にまるまる太った鮒《ふな》を食べる女を蔑《さげす》む歌」

等々。それはそれは興味深い。しかし、それらの歌が下品かというと、とんでもない。素朴で大らか、天真爛漫だ。

作者は天皇、皇族、貴族から農民、漁民までと幅広い。作者は分かっても、だれが編集したのか、どんな編集意図があったのか、これが皆目分からない。ただ、万葉集は大伴《おおとも》氏の歌が圧倒的に多く、歌数も大伴家持《おおとものやかもち》作が群を抜いている。このため、最終編集者は大伴家持だとされる。橘諸兄《たちばなのもろえ》も編集者として名前が挙がっているが、家持が編集に大きな役割を果たしているのはまちがいない。

本書は万葉集を散策しながら、遠い日本の風景をたどる。といっても小難しいことはない。わたしたちの日々の生活がけっこうコッケイなように、万葉びとも笑える毎日を送っていた。わたしたちの先祖の泣き笑いが、生きるって何かを教えてくれる。裃《かみしも》脱いで万葉集を鑑賞すれば、わたしたちの中の、もう一つの日本人が見えてくる。

万葉集の構成

万葉集は八世紀後半に完成した、わが国最古の歌集である。歌数四千五百余首、これが二十巻に収められている。わたしたちは万葉集の歌をとおして、当時の人々の心、喜びや悲しみ、野心や思いやりを知ることができる。二十一世紀を生きるわたしたちは、たぐいまれなる文化遺産に恵まれた。

ただ、万葉集は詩なので理解するのが手ごわい。万葉集についての基本を知っておくと鑑賞の役に立つかもしれない。万葉集がどのように成り立っているのか、万葉集の仕組みがどうなっているか、これを簡単に説明する。

万葉集を構成する二十巻は、すべてが統一した編集方針のもとに作業が進められたようには見えない。巻ごと、あるいは一定のかたまりごとに編集されていった。歌の表記はいわゆる万葉仮名といわれるもので、日本語を漢字で表す。漢字といっても漢文ではなく、これを訓《よ》み下すのがやけに厄介だ。そのせいで、現在に至るまですべての歌の訓みが確定しているわけではない。訓み下したつもりでも、それが正しいとはかぎらない。

二十巻あるそれぞれの巻は章立てというか部立てされている。部立ては「雑歌《ぞうか》」「相聞《そうもん》」

「挽歌《ばんか》」などがある。部立ては巻ごとに統一されたものではなく、巻によってバラバラだ。たとえば、巻一は雑歌だけ、巻二は相聞と挽歌の二部立て、もっとたくさんの部立てを持つ巻もある。

ところで、部立てとは何なのか。部立ての中で雑歌、相聞、挽歌というのはよく目にするかもしれない。万葉名歌といわれる歌の多くがこれら部立てに属す。中でも雑歌は重みがあって、万葉歌を紹介する本で取り上げられることが多い。字を見ると「雑な歌」とあるので、どうでもいいような印象を受けるが、雑歌は朝廷の公的な歌とされる。プライベートな歌だとしても、基本的に公の歌が中心となる。

相聞は字からも想像できるが、思いを伝えたり、聞いたりする歌を指す。恋の歌が代表的だが、親子の情を詠う歌もある。ただ、恋の歌でも、宮廷に関係する人たちの相聞歌は雑歌にも入る。

挽歌《ばんか》の挽は、棺《ひつぎ》を挽《ひ》くという意味。葬儀や人の死にまつわる歌をいう。部立てはほかにもある。巻ごとにどう出るか、表にした。

○万葉集の部立て

巻番号	部立て
巻一	雑歌《ぞうか》
巻二	相聞《そうもん》　挽歌《ばんか》
巻三	雑歌　譬喩歌《ひゆか》　挽歌
巻四	相聞
巻五	雑歌
巻六	雑歌
巻七	雑歌　問答《もんどう》　旋頭歌《せどうか》　譬喩歌　挽歌
巻八	雑歌春　相聞春　雑歌夏　相聞夏　雑歌秋　相聞秋　雑歌冬　相聞冬
巻九	雑歌　相聞　挽歌
巻十	雑歌春　旋頭歌　譬喩歌　相聞春　問答
〃	雑歌夏　問答　譬喩歌　相聞夏
〃	雑歌秋　相聞秋　問答　譬喩歌　旋頭歌
〃	雑歌冬　相聞冬

巻十一	旋頭歌　正述心緒《せいじゅつしんしょ》　寄物陳思《きぶつちんし》　問答
〃	正述心緒　寄物陳思　問答　譬喩
巻十二	正述心緒　寄物陳思　正述心緒　寄物陳思　問答
巻十三	雑歌　相聞　譬喩歌　挽歌
巻十四	（東歌）相聞　譬喩歌　雑歌　相聞
〃	防人歌　譬喩歌　挽歌
巻十五	部立てなし「遣新羅使歌」「中臣宅守と狭野茅上娘子の贈答歌」
巻十六	有由縁《ゆえん》并雑歌《ぞうか》
巻十七	部立てなし　大伴家持の歌日記
巻十八	部立てなし　大伴家持の歌日記
巻十九	部立てなし　大伴家持の歌日記
巻二十	部立てなし　大伴家持の歌日記

巻一と巻二は原万葉集《げんまんようしゅう》といわれたりする。万葉二十巻のコアとされ、この二巻をもとに万葉集が現在の形に編集されたと考えられている。内容的には、巻一は雑歌の部だけ、巻二は

相聞と挽歌の二部構成となっている。巻一と巻二と合わせると、この二巻で雑歌、相聞、挽歌という主要な部立てがそろうことになる。形式的にも据わりがいい。もともと一体だったのかもしれない。

ちなみに、雑歌、相聞の出典は中国の詩集『文選《もんぜん》』から来ているという。挽歌はすでに見たように、挽が棺を挽《ひ》く意味なので葬儀の歌をいう。

巻三は雑歌、譬喩《ひゆ》歌、挽歌の三部構成。相聞の代わりに譬喩歌が入る。

巻四は相聞だけで、詠われた時代は舒明《じょめい》一年（六二九）から天平勝宝《てんぴょうしょうほう》四年（七五二）まで。巻三と比べて古い歌もあるが、全体的には時代が下ったほうの歌が多い。部立て構成からして、巻三と巻四を合わせて一つのまとまりと見ることもできる。巻一、二の後継の巻というつもりだったのかもしれない。ただ、内容的には大伴氏関連歌が多い。

巻五は巻一と同じ雑歌だけだが、大伴家のサロンといった趣を見せる。大伴旅人《おおとものたびと》が筑紫大宰帥《だざいのそち》だったときの歌が集中的に採られている。巻五は大伴一門にかかわる公的な歌集となっている。

巻六以降も同様なので説明を省略するが、個性的な巻を紹介する。巻十四は関東地方の歌、東歌《あずまうた》といわれる歌だけが採られている。ここには東国から九州北部の防衛に当たった防人《さきもり》の歌も収録される。巻十七から巻二十の四巻は、万葉集の最終編者と考えられる大伴家持のプライベートな歌が中心で、家持の歌日記といわれたりする。

◆万葉歌の構造

編集的な仕組みは以上のとおりだが、歌そのものはどういう構造になっているか、どう表記されているのだろうか。万葉集の構成も含めて表にした。

○全体構成

タイトル	万葉集
巻番号	巻一～巻二十
部立て	雑歌、挽歌、相聞など

○歌の構造

題詞・序	タイトル　作歌事情の説明
本文	歌本体
左注	編集時点での歌の解説

全体構成はすでに説明した。ここでは歌の構成要素を取り上げる。具体的な歌で説明して

いくが、そのサンプルとして、後に天武《てんむ》天皇となる大海人《おおあま》皇子と額田《ぬかた》王の贈答歌を見る。この贈答歌群は歌そのものが美しい上に、歴史的事実としても『日本書紀』で確認できる。万葉歌の紹介では、かならずといっていいくらい取り上げられる。ひじょうに有名な歌だ。

歌にはすべてのテキストに共通する歌番号がつく。ここで紹介する歌は、はじめが巻一の二〇番歌、次が二一番歌となる。

天皇《すめらみこと》、蒲生野《がもうの》に遊猟《みかり》する時、額田王《ぬかたのおほきみ》の作る歌　①

茜草指武良前野逝標野行野守者不見哉君之袖布流　②

あかねさす　　今にもあかく燃え出しそうな
紫《むらさき》 野行《のゆ》き　　紫草の花が咲き乱れる地を行き
標野行《しめのゆ》き　　薬草地を行く
野守《のもり》は見《み》ずや　　監視人が見るのに
君《きみ》が袖振《そでふ》る　③　　あなたは恋のサインに袖を振る

皇太子《ひつぎのみこ》の答《こた》ふる御歌《みうた》　明日香宮《あすかのみや》に　御宇《あめのしたしらしめ》す　天皇《すめらみこと》　④

紫草能尓保敝類妹乎尓苦久有者人嬬故尓吾恋目八方　⑤

むらさきの　紫が咲き乱れる中
にほへる妹《いも》を　ひときわ映える愛しい人が
憎《にく》くあらば　憎らしい？
人《ひと》づまゆゑに　いや、今や人妻だからこそ
吾《わ》れ恋《こ》ひめやも　⑥　わたしは恋するのだ

紀《き》に曰《いは》く、天皇七年丁卯《ひのとう》夏《なつ》五月五日、蒲生野《がもうの》に縦猟《みかり》す。時に大皇弟、諸王、内臣《うちつおみ》、及び群臣《まへつきみたち》、皆悉《みなことごと》く従《したが》ふ。　⑦

二首合わせてセット歌群を構成する。各行の下にある丸数字は、本書の説明のためのもの。ほかのテキストにはついていない。

それぞれの行はどんな役目を負っているのか。その役割を説明する。

①、④が「題詞」。今でいえばタイトルということになる。歌の作者がだれか、詠われた場所がどこか、どういう経緯で詠われたのか。こういった作歌事情の説明になっている。原文は漢文。

②、⑤が歌本体、いわゆる万葉仮名で表記され、これにより歌の訓みを指示する。漢字ば

かりだが、漢文ではない。これのお陰で、わたしたちは一千三百年前の詩を鑑賞できる。
③、⑥が原文万葉仮名の訓み下し。万葉仮名を訓むのは至難のワザなので、昔から研究者がどう訓むかを追究してきた。現在ではほとんどが訓み下されているが、今でも訓み下されていないものもある。訓み下されている歌でも、中には本来の訓みとちがっているものもあるようだ。
⑦は二行で一かたまりの解説・注釈となっている。歌本体の後ろ、日本文は右から左に流れる。それで、後ろは歌本体の左側にあたるのでこの注釈を「左注」という。歌の説明、解説をする。題詞が歌本体と一体の説明をするのに対し、左注は編集段階の説明ということになる。左注が題詞に疑問を呈したり、訂正をすることも少なくない。左注も漢文で書かれる。
訓み下しの下段は、現代語訳。③、⑥の訓み下しは文語体で、現在の口語体と異なるので、現代人に理解できるように訳したもの。

万葉集の原本、とはいっても現在見ることができるのは写本だが、そこにあるのは題詞（①、④）、歌本文（②、⑤）、左注（⑦）ということになる。ただ、歌によっては題詞や左注、あるいは両方ともつかないものも多い。

なお、本書に登場する人物すべてのプロフィル紹介は巻末の「資料」（P218）にある。

（文中敬称略）

1 歌

日本人なら万葉集の歌の一つや二つは口ずさめるのではないか。万葉集そのものでなくても、小倉百人一首などに引用された歌でお気に入りがあるはずだ。お気に入りの歌はその多くが名歌とされるものだろうが、名歌といわれる万葉歌は数が多くて「これがわたしのお気に入り」は人によって千差万別だ。

美しい歌が好きな人もいれば、悲劇の主人公の自傷歌に思いを寄せる人もいるだろう。あるいは軽妙洒脱な詠《うた》いっぷりに引かれて、そんな歌をいくつも暗記しているかもしれない。一口に万葉集といっても、だれもが共通して思い浮かべる歌を挙げるのは難しい。

そんな中で、最初と最後の歌はだれとでも共有できる。最初の歌は巻一の一番歌、最後の歌は巻二十の四五一六番歌で、これは物理的に動かない。あるいは最後の四五一六番歌は知らない人も少なくないかもしれないが、一番歌は万葉集の有名歌に入る。

一番歌は雄略《ゆうりやく》天皇の求婚歌。厳めしいイメージの雄略が、田舎の乙女に一目惚れして詠って有名だ。一方、最後の歌は万葉集の編集者とされる大伴家持《おおとものやかもち》の歌だ。自分が国守《くにのかみ》（知事）を務める因幡《いなば》の庁舎で開かれた正月一日の宴で、役人を前に一年の豊年を祝って雪を詠う。

二つの歌をどれほどの読者が頭にとどめているかは分からないが、はじめと終わりをおさえることはそれなりに意味はあるかもしれない。仏教的に見れば、はじめは「阿《あ》」、終わりは「吽《うん》」、阿吽は万物のはじめと終わりを意味する。最初と最後を知ることは全体のおおよそを理解することになるかもしれない。

というわけで、まずは万葉集の最初の歌と最後の歌を鑑賞する。

阿　はじまりは権力の気紛れ

万葉集冒頭を飾る一番歌の作者、雄略天皇は、中国文献に登場する五世紀の倭の五王、讃《さん》・珍《ちん》・斉《せい》・興《こう》・武《ぶ》の一人、武とされる。そうだとすると西は九州から東は関東までを、はじめて統一した大王ということになる。その名のとおり勇ましい支配者をイメージさせるが、古事記には興味深いエピソードが残る。

雄略天皇が美和川《みわ》を散策したとき、川辺でかわいらしい少女を見掛ける。その美しさに一目惚れをしたのか、声を掛ける。

「そなたはどこのだれですか」

これに乙女が答える。

「引田部赤猪子《ひきたべのあかいこ》です」

当時、男性が女性に名前を聞くことは求婚を意味した。これに応じて女性が身分を明かせば、求婚を受け入れたことになる。

思いどおりの返事に気をよくした雄略は、次のようにいって引き上げた。

「結婚の迎えを出すから、それまで結婚しないで待っていなさい」

赤猪子はこれをどう聞いたか、あるいは有頂天だったかもしれない。権力者の言葉を信じて、結婚せずに待ち続けたものの、その後の連絡はない。そして気がつくと八十歳になっていた。権力者といえどもあまりの仕打ちに、赤猪子は気丈に宮殿まで出向いて雄略と直談判する。これにはさすがの雄略も自分の非を詫《わ》びざるをえなかった。その反省の証しに、思いのこもった歌を贈った。

以上がエピソードのあらましだ。ほほ笑ましいといえばそうだが、気紛れで結婚を申しこまれて忘れ去られたのではたまったものではない。女性からすれば、これ以上ないくらい残酷な仕打ちかもしれない。

ただ、そうした読み手の感情論を別にすれば、古事記のエピソードのお陰で万葉集の一番歌は思わぬ箔《はく》がつくことになった。あるいは、万葉編者はそれを見越して古事記のエピソードに合わせて雄略歌を冒頭に持ってきたのだろうか。その歌だ。

泊瀬《はつせ》朝倉宮《あさくらのみや》に御宇《あめのしたしらしめ》す天皇の代　大泊瀬稚武《おおはつせわかたけ》天皇

天皇の御製歌

籠《こ》もよ　み籠《こ》もち
ふくしもよ　みぶくし持《も》ち
この岳《をか》に　菜摘《なつ》ます児《こ》
家聞《いへき》かな　名告《なの》らさね
そらみつ　大和《やまと》の国《くに》は
おしなべて　われこそ居《を》れ
しきなべて　われこそ座《ま》せ

籠《かご》よ、籠を持って
へらよ、へらを持って
この丘で若菜を摘むお嬢さん
あなたの家を聞こう、名乗ってほしい
この大和の国は
ことごとくわたしの治める土地だ
すべてわたしの支配する土地だ

われこそは　告《の》らめ
家《いへ》をも名《な》をも　（巻一1）

わたしこそ名乗ろう
家も名前も

題詞にある大泊瀬稚武《おおはつせわかたけ》天皇は雄略のこと。初代神武《じんむ》から数えて二十一代目の天皇。古い時代のことなので、いつ生まれたのか、いつ即位したのか、正確には分からない。『日本書紀』によれば在位は西暦四五七―四七九年。

いかに当時の最高権力者だとしても、そこまで古い歌の作者名が、残るとは考えにくい。じっさい、研究者も雄略作とはしていないようだ。そうだとしても、万葉編者は万葉冒頭の歌の作者を雄略天皇とした。その理由について定説はないが、当時は日本（大和）を最初に統一したのが雄略天皇と考えていたからだとする人もいる。

吽　終わって明ける敗者の新しき年

万葉集最後の歌は巻二十の四五一六番歌だ。ということは万葉集に収録される歌の総数は四千五百十六首でなければならないが、じっさいはそれより多い。独立した歌で歌番号を振られていないものが複数あるせいだ。

本題の四五一六番歌。これは大伴家持が因幡国守《いなばくにのかみ》として役人に披露した。明るく、力強く、初春の雪をさわやかに詠っている。

(天平宝字《てんぴょうほうじ》)三年春正月一日、因幡《いなば》国庁に於いて、饗《あえ》を国郡の司等に賜ふ宴の歌一首

あたらしき　　　新しい
年《とし》の始《はじ》めの　　年のはじめの
初春《はつはる》の　　　初春の
今日《けふ》降《ふ》る雪《ゆき》の　　今日降る雪のように
いや重《し》け吉事《よごと》　(巻二十 4516)　どんどん積もれ、善きことよ

右一首、守《かみ》大伴宿祢家持作る。

題詞によると、天平宝字三年(七五九)正月一日、因幡国の長官だった大伴家持が役人を役所に集めて開いた宴で披露したという。

正月に降る雪は、豊作の前兆と見られていた。その雪がこの年の元旦にたくさん降り積もった。それで家持は思った。

「何とめでたいことだろう。一年の豊作はもちろんのこと、みんなが善きことと思うすべて

が山となれ!」

いかにも正月らしい、希望に満ちた歌といっていい。万葉集の終焉《しゆうえん》にあたって、輝く未来を言祝《ことほ》いだかのようだが、このときの家持の胸中はそれほど華やいではいなかった。日々起こるすべてが自分の願いとは反対の方向へ向かっていた。消すに消せない鬱屈《うつくつ》した思いが、この日で万葉集に幕を閉じさせたのだ。

天平宝字年間(七五七―七六四)に入って、皇親派と藤原氏との権力闘争は最終局面を迎えていた。結果は藤原氏の完勝となるのだが、この結末は皇親派を自負する家持にとっては最悪、とても耐えられるものではなかった。

天平宝字に改元する直前の天平勝宝《てんぴようしようほう》八年(七五六)に聖武《しようむ》天皇が亡くなり、翌天平宝字一年(七五七)に皇親派のリーダーだった橘諸兄《たちばなのもろえ》も亡くなる。これを待っていたかのように、聖武の皇后だった光明《こうみよう》皇太后をバックに、藤原仲麻呂《ふじわらのなかまろ》が紫微中台《しびちゆうたい》の長官に就いて権力を掌握してしまう。これに危機感を深めた諸兄の息子の橘奈良麻呂《たちばなのならまろ》が長屋《ながや》王の子どもの黄文《きぶみ》王を担いで仲麻呂排除の謀議を凝らすが、仲麻呂に先手を打たれて敗北を喫してしまう。これを橘奈良麻呂《たちばなのならまろ》の乱《らん》という。これに大伴氏の有力者も加わっていて、大伴一族は壊滅的なダメージを受ける(「おわりに」P213万葉事件参照)。

家持の心は、京から遠く離れた因幡にいて晴れなかった。しかし、因幡国の責任者として、そんな弱気は見せられなかった。というより、それだからこそ気持ちを奮い立たせなければならなかった。

基本的に万葉集は敗者の詩集だ。その敗北を高らかに歌い上げて万葉集は終焉を迎えた。

それが四五一六番歌だった。

2 衣

外見なんてどうでもいい、なんてことはない。現代人にとってもそうだが、万葉びとだって同じこと。

素朴な万葉びとは、

「見栄《みえ》など張らなかった」

と考えるのは、現代人の勝手な思いこみ。けっこうオシャレに気をつかっていた。

服　着たい？ 着たくない？

万葉集には高級をイメージさせる言葉がしっかり存在する。舶来を指す「から」とか「こま」とか、オシャレをイメージさせる言葉が頻出する。

「から」は唐、あるいは韓のこと、韓衣《からころも》や韓藍《からあい》の組み合わせで使われる。いずれも外国伝来の着物や外来の植物をいう。そこには高級、ハイカラなイメージが漂う。

「こま」は高麗で、高麗錦《こまにしき》、高麗剣《こまつるぎ》の組み合わせになる。「こま」ももともとは「から」と同様に舶来をいう。こうした言葉を使うのは、オシャレ感を演出する狙いがあるようで、今でいえばフランスとかイタリアをイメージすればいいのかもしれない。万葉びとはけっこう見栄っ張りだった？


ちなみに、「から」も「こま」も万葉集では枕詞《まくらことば》として使われる。

「から」は「からころも」となって、「立つ」に掛かる。韓衣の本来の意味は舶来の衣服のこと。服は裁断する、つまり裁《た》つのでその連想から「立つ」の音を引き出す。

「こま」は「こまにしき」の形で「紐《ひも》」に掛かる。高麗産の錦を連想させる、あるいは本物の高麗産かもしれないが、枕詞「こまにしき」のついた紐は高級品という前提で詠《よ》まれている。

◆タンスの肥やし

ここでは、枕詞でない、具体的な韓衣の歌を取り上げる。作者は不明。

朝影《あさかげ》に
わが身《み》は成《な》りぬ

朝影のように
わが身はやせ細ってしまった

韓衣《からころも》
裾《すそ》の合《あ》はずて
久《ひさ》しくなれば　（巻十一2619）

韓衣の
裾が合わなくなるまで
久しく会っていないので

原文万葉仮名では「辛衣」表記になっているが、韓衣《からころも》のこと。その韓衣の裾が合わなくなるほどやせ細ってしまった、と長らく恋人の訪問のないのを嘆いている。朝影とは、早朝の太陽でできる細長い影のこと。

「あなたが来ないせいで、わたしは朝影のようにやせてしまった」

という恨み節。

歌からは断言できないが、韓衣は女性が恋人を迎えるときに着た服のようだ。とするなら、この韓衣は女性にとっての一張羅だったのかもしれない。自慢のブランド服も着る機会がなければタンスの肥やし、嘆きたくもなる!?

◆着たくない仕事着

服に絡んでもう一首。万葉びとにとって衣服は貴重品だった。だから、とっても大切なもの。しかし、中にはありがたくない例えに使われるケースもある。

次はこのレアケース。高級品とは反対、肌に合わない仕事着だ。

大網公人主《おほあみのきみひとぬし》の宴吟《えんぎん》する歌一首

須磨《すま》の海人《あま》の
塩焼衣《しほやききぬ》の
藤衣《ふぢころも》
間遠《まとほ》にしあれば
いまだ著《き》なれず　（巻三413）

須磨の海女が
塩を焼くときに着る
藤製の衣なので
織り目が粗くて
未だ慣れません

ここの藤はいわゆる藤ではなく、つる性植物の葛《かずら》をいう。昔は藤も葛もともに「ふじ」といった。ここの藤衣《ふじころも》はつるの繊維を編んだ服をいっている。

須磨の海人の作業着がゴツくてなじめないとは、なんて失礼！

もちろん、これは比喩《ひゆ》で、なじめないのは異性のこと。自分のモテなさぶりを作業着のせいにする。

宴吟《えんぎん》とは宴会で歌を披露すること、自分のダメさ加減を強調することで場を盛り上げたのだろうか。大網人主《おおあみのひとぬし》の作でなく、できあいの歌を口ずさんだと考えられる。本人が作った歌なら宴会で繰り返して吟じていたのかもしれない。いってみれば、人主《ひとぬし》の一発芸！

フンドシ　馬も着けた？

着るものとくれば、下着もある。現代人にとっての下着は、外来語のアンダーウエアのイメージだろうか。服の下で肌に直接触れるもの。機能として汗を取る、肌を護る。衛生面あるいは健康面の要請に応えるためのものだ。

それなら、万葉時代の下着はどうか。万葉集には「下着」という言葉は出てこないが、下着がなかったということはないだろう。言葉はないが、なくてもそういう機能を持つものはあった。

◆どうやって着た？

万葉集に「ふもだし」という言葉が出てきて、これがフンドシ（褌）のことだとされる。巻十六の「乞食者《ほかいびと》の歌二首」のうちの一首だ。「右歌一首は蟹《かに》の為に痛みを述べて作る」という注がつく長歌（全文は「命の章・蟹」P175参照）で、天皇に食されるために召された蟹の気持ちを詠《うた》っている。

ここに次のフレーズが見える。

…略…
馬《うま》にこそ　ふもだし掛《か》くもの
牛《うし》にこそ　鼻縄著《はななはは》くれ
…略…（巻十六 3886）

馬にこそふもだしを掛けるもの
牛にこそ鼻縄をつけろ

このふもだしがフンドシだとされる。もしそうなら人間どころか馬まで着けていたことになる。

万葉の時代は現代とほとんど同じ生活をしていたようだ。現代人の生活が文化的で進んでいるというのは、現代人の幻想、思い上がり、勘ちがいに過ぎない。本質的なところでは、人間はほとんど進化していないのかもしれない。

ランジェリー　最強の愛の証し

フンドシは男がするものだが、女性のほうはどんな下着を着けただろうか。万葉集に「下《した》衣《ごろも》」が出てきて、これは女性が身に着けた。下衣の響きからは和服の下着の印象だが、果たしてどうか。

◆下衣を贈る、二人の秘密

調べたところ、万葉集に下衣《したごろも》という言葉が三首に出てくる。すべて女性が身に着けたもので、これがけっこう際どい。三首のうちの二首で、女性が自分の下衣を男にプレゼントしている。内容からして、今の和服の下着とは別ものの印象だが、具体的には分からない。二人だけの秘め事を暗示させる小道具として詠みこまれている。

その二首を見る。

白《しろ》たへの
あが下衣《したごろも》
失《うしな》はず
持《も》てれわが背子《せこ》
ただにあふまでに（巻十五3751）

（枕詞）
（わたしが贈った）わたしの下衣を
次に会うまで失くさず
大事にしまっておいてください、あなた
次に直接会うまで

商変《あきか》へし　　　一度受け取った商品を返して
領《を》すとの御法《みのり》　　　いいという法律が
あらばこそ　　　あるのなら
あが下衣《したごろも》　　　わたしが贈った下衣を
返《かへ》し賜《たま》はめ　　　お返しなさるのもいいでしょう
（巻十六 3809）

最初は、狭野茅上娘子《さののちかみのおとめ》が京を離れる夫に贈ったもの。夫との別れに下着を託して、自分と同じように大事にしてほしい、という気持ちを伝えている。女性が自分の代わり、生身の自分の代わりに下着を男性に預けている（「情の章・過激な火」P134に関連歌あり）。

二つめの歌はどうか。内容は右の訳のとおりでいいが、ただ裏に、「でも、そんな法律もないのに一方的に返されるのはいかがなものか」という強い思いがにじむ。前の歌とは打って変わって、恋の破局で修羅場寸前といったところか。

二首目の三八〇九番歌に次の注（左注）がつく。
「時に幸《さいはひ》だった娘がいた。名前はよく分からない。相手の寵愛《ちようあい》が薄れて寄物《きぶつ》を突き返された。寄物は俗《ぞく》にいう形見《かたみ》のことなり」

名前は不詳だが、一人の娘が幸福の絶頂にあった。ところが、男の気持ちが冷めて、形見を送り返された。この形見（寄物）が下衣であるのはいうまでもない。注は寄物を形見だとするが、これをただの着物とは取れない。

女は愛の証しとして下衣《したごろも》を贈った。究極の愛の徴《しるし》として下着を贈ったのだ。今でいえばランジェリー？　それを送り返された女心はいかばかりだったか。

ただ、この歌の響きからは、フラれた恨めしさを逆手に取って、シャレのめす余裕が感じられる。

発句の「商変《あきか》へし」は、一度受け取った商品を返却すること。しかし、これは当時の商習慣にはなかったのだろう。

そこで、女はそれを逆手に取る。

「そんなことをしていいという法律があるのならどうぞ、あるならね」

これは女の会心のフレーズだったのではないか。いかにも得意げだ。

下衣を送り返された悲しさより、絶好の歌の素材を手に入れて、女はしてやったりの気分だったのかもしれない？　万葉の女は強し！

ところで、この二首には「あが下衣」が出てくる。本書は二つとも「あが下衣」としたが、二首目を「わが下衣」とするテキストもある。じっさい当時は「わたし」に「あ」と「わ」

の両方が使われた。

漢字の意味から「我」と「吾」を当てた場合は、どちらの音を引き出すのか確定できない。ふつうは「わ」と訓《よ》むようだが、音を引き出す「和」と「安」も使われ、いうまでもなく前者は「わ」、後者は「あ」で決まり。

念のために二つの「あが下衣」の原文万葉仮名表記を確認する。一首目は「安我之多其呂母」とあるので「あが下衣」で問題ない。二首目は「吾下衣」となっていて、どちらにも訓むことができる。

紐　浮気封じ

まだ着物が普段着だったころ、女性は家以外で帯を解くときは泣いた、いや、泣くものとされた。今はちがう?かもしれないが、夫以外の男性の前で帯は解くものではなかった。

万葉時代、この帯にあたるのが紐《ひも》だった。ただ、紐を解いていけないのは女性だけではない。男性も同様だった。

◆自ら紐解く男の操《みさお》

万葉集には、紐が出てくる歌が何十とある。その多くが「紐を結ぶ」か「紐を解く」といった形で使われる。それでは、どんなときに紐を結ぶのかというと、これがほとんどワンパターン。男が長旅に出るときに、妻や恋人の前でする「浮気はしません」の誓い。

家に帰ってくるまでほどけないようにしっかり結ぶわけだが、この紐がどんなもので、どんな結び方をしたのかはよく分からない。

とにかく紐を結ぶということは、

「浮気はしない」

という誓いだった。

逆に「紐解く」とはどういう意味か。いうまでもなく、浮気をするということ。

万葉集から、

「紐を結ぶ」

「紐を解く」

を詠んだ歌をそれぞれ一首ずつ取り上げる。

真玉《またま》つく　　(枕詞)

遠近《をちこち》かねて
結《むす》びつる
わが下紐《したひも》の
解《と》くる日《ひ》あらめや（巻十二 2973）

今も将来もと
あなたと誓って結んだ
わたしの下紐を
解くような日が来ることはありません

筑紫《つくし》なる
にほふ児《こ》ゆゑに
陸奥《みちのく》の
香取娘子《かとりをとめ》の
結《ゆ》ひし紐《ひも》解《と》く（巻十四 3427）

筑紫の
魅力的な娘のせいで
ふるさとの陸奥の
香取にいる恋人が
結んでくれた紐を解いてしまった

前者は「浮気はしない」という誓いそのもの。

「あなた以外の前で、紐を解くことは決してありません」

とけなげだ。万葉時代の男？女？は純だった！

この歌は「古今相聞往来歌類《ここんそうもんおうらいかるい》の下《げ》」のタイトルがつく巻十二の「物に寄せて思いを陳《の》べる歌」のグループに含まれる。相聞《そうもん》とあるように、恋の歌が集められる。作者名がなく、大半が庶民の気持ちを詠んでいる。

この時点ではウソ偽りのない心情だったのだろうが、その後どうなったかは知るよしもない。後の歌は、浮気をして開き直ったような内容だ。

開き直りには、

「お上から赴任するようにいわれたんだから仕方ないだろ」

というヤケッパチの思いもあったのかもしれない。

筑紫《つくし》は九州、陸奥《みちのく》の香取《かとり》は現在の千葉県香取か。ただ関東と九州といえば今でも十分に遠距離だ。その筑紫行きは関東の農民にとって、指名されるや逃れられない税金みたいなもの。ほとほと迷惑な話で、できれば御免こうむりたいものだった。

故郷香取の娘さんといい関係になって、防人《さきもり》か何かで、筑紫に行くことになってしまったのだろう。そのときは心から愛しつづける気持ちで、香取の娘に浮気封じの紐を結んでもらった。ところが、いざ筑紫へ赴任すると、これがいつまでたっても香取に帰る許可が下りない。そのうちに懇《ねんご》ろの女性ができてしまい、紐を解いてしまった。

この歌は、その言い訳だったのか、それとも自慢だったのか。

ただ、紐を解いても浮気でない歌もあるので、念のため。

3 食

いつの時代も万葉集への関心は高い。全国各地に万葉関連の施設ができて、そうした施設で万葉時代の料理にお目に掛かる。

土地土地でちがうが、猪《いのしし》や鳥の肉、鮎《あゆ》や鰻《うなぎ》、お米に芋、野菜や海藻、さらにはチーズみたいな乳製品までそろっている。もちろん、お酒だってある。説明を見ると、万葉食は優れて健康的な食材ばかりだとか。万葉食でなくても、食べることは基本的に健康にいい？

万葉の献立と謳《うた》っているので、出てくる素材がすべて万葉集にあるのかと思ったら、そうでもない。チーズみたいな乳製品、これを蘇《そ》という、があるというので調べてみたら、蘇は万葉集には出てこない。万葉の献立に出てくる食材の大半は、万葉集と同時代の文献、『日本書紀』とか『続日本紀《しょくにほんぎ》』、『延喜式《えんぎしき》』などに登場しているものをさすらしい。それでも「万葉食」とあるだけでありがたい。それこそが万葉集の魅力なのだろう。

ここではじっさいに万葉集に登場する食べ物を取り上げる。万葉びとはどんなものを食べていたのだろうか。

瓜と栗　子どもを思う

パッと思いつくものに瓜《うり》と栗《くり》がある。万葉歌人で知られる山上憶良《やまのうえのおくら》の「子どもを思う歌」に出てくる。有名な歌なので、知っている人も多いのではないか。

瓜と栗は今も美味しい食べ物だが、当時はもっと貴重な食品だった。何といっても、最愛の子どもを連想させるのだ。

子等《こら》を思ふ歌一首并《あは》せて序

釈迦如来《しやかによらい》、金口《きんこう》に正に説くに、「衆生《しゆじやう》を等《ひと》しく思ふこと、羅睺羅《らごら》の如し」。又た説くに、「愛《いつく》しみは子に過ぎたるは無し」。至極《しごく》の大き聖すら、なほし子を愛しむ心あり。いはむや、世間の蒼生《さうせい》、誰か子を愛《いつく》しびざらめや。

瓜《うり》食《は》めば 子《こ》どもおもほゆ　　瓜を食べると子どものことが思われる
栗《くり》食《は》めば まして偲《しぬ》はゆ　　栗を食べるとさらにしのばれる

いづくより 来《き》たりしものそ
まなかひに もとな懸《か》かりて
安眠《やすい》しなさぬ　（巻五802）

愛しい子どもはどこから来たのか
目の中に映って気にかかって
安眠もできないことだ

銀《しろかね》も
金《くがね》も玉《たま》も
何《なに》せむに
まされる宝《たから》
子《こ》に如《し》かめやも　（巻五803）

銀も
黄金も宝石だって
それが何だというのだ
すぐれて貴い宝だって
子どもに敵《かな》うものはない

題詞にあるように、長歌と短歌、それに序もつく。原文の序は漢文、憶良は遣唐使として中国に渡っていて漢文や漢籍に通じていた。憶良の作品には長い序がつくものがいくつもあり、それらと比べるとこの序は短い。

歌の訳は右にあるとおり。難しい序から確認する。

◆お釈迦さまもいっている「子どもが一番」

「釈迦如来《しゃかにょらい》」は、いうまでもなくお釈迦さまのこと。「金口《きんこう》」は貴い言葉、見なれない「羅睺羅《らごら》」はお釈迦さまの子ども。「蒼生《そうせい》」は多くの人々、大衆を意味する。

全文の意味は次のとおり。

お釈迦さまが貴い言葉として正に説くには、すべての子どもは自分の子どもと平等だ。さらにおっしゃるには、愛する対象は、子どもに優るものはない。どんなに立派な聖人でも、子どもを愛する心があるものだ。それならなおさら、世間の人々のだれが子どもを愛さないなどということがあろうか。

長歌と短歌は、わたしたちでも分かる言葉が使われている。内容もシンプル、現代語訳がなくても理解できそうだ。

歌には宝の代表として、銀、金、玉が出てくる。他にもあっただろうが、憶良はこの三つを挙げる。これらは憶良が物質的に価値あるものと認識していたわけだ。その宝でさえ、子どもの愛《いと》おしさには敵わないといっている。ひじょうに分かりやすい比較になっている。

どれが大切かの比較は短歌でされているが、長歌では食べものに優劣をつける。ここでは子どもを引っ張り出す小道具として瓜と栗を用意する。憶良にとって瓜と栗とでは、栗のほうが評価が上だったようだ。

「瓜を食べれば子どもが思われる」

「栗を食べればさらにしのばれる」

と、栗にはより強い「さらに（原文まして）」がつく。万葉びと、少なくとも憶良にとっては瓜より栗のほうがご馳走だった!?

ちなみに、万葉時代の瓜は、文献上では「熟瓜《じゅくか》」「甜瓜《てんか》」表記で出る。今でいうマクワウリのこと。

鰻　万葉時代に土用の丑?

瓜も栗もいいが、万葉集で一番有名な食べ物はこれかもしれない。

鰻《うなぎ》。

万葉集に出る、数ある食べ物の代表に鰻を挙げたとしても異論はないだろう。中には万葉集と鰻についての蘊蓄《うんちく》を、鰻屋の張り紙で見掛けた人もいるのではないか。それくらい万葉集の鰻は有名だ。

それなら万葉集に鰻の歌がたくさんあるかというと、そういうわけでもない。二首がセットで出てくるだけ。作者は大伴家持《おおとものやかもち》と友人?の吉田石麻呂《よしだのいしまろ》、二人のウイットに富んだ歌のやりとりが可笑《おか》しい。

痩《や》せたる人を嗤咲《わら》ふ歌二首

石麻呂《いしまろ》に
われ物申《ものまを》す
夏痩《なつや》せに
よしといふものそ
鰻《むなぎ》とり食《め》せ　（巻十六3853）

石麻呂に
申し上げます
夏やせに
よく効くというものです
その鰻をぜひ食してください

痩《や》す痩《や》すも
生《い》けらばあらむを
はたやはた
鰻《むなぎ》を捕《と》ると
川《かは》に流《なが》るな　（巻十六3854）

やせていたって
生きていたらそれでいいのに
ひょっとして
鰻を捕ろうと
川に入って流されることのないように

右、吉田連老《よしだのむらじおゆ》有り、字《あざな》を石麻呂《いしまろ》と曰ふ。所謂仁敬《いはゆるにんきやう》の子なり。其の老の為人《ひととなり》、身体甚《はなはだ》しく痩《や》せたり。多く喫《くら》ひ飲むと雖《いへ》ども、形《かたち》飢饉に似《に》る。此《こ》れに因《よ》りて大伴宿祢《おおとものすくね》家持《やかもち》が聊《いささか》に斯《こ》の歌を作り、以《もっ》て戯咲《ぎせう》を為す。

歌群には左注（歌の後の解説）がついていて、これから作歌事情が分かる。吉田老《よしだのおゆ》、あだ名を石麻呂《いしまろ》というものがいた。仁敬《にんきよう》の子である。体つきはひどくやせっぽちだ。いっぱい食べて飲んでも、外見は飢えているようだ。それで大伴家持はちょっと歌を作ってからかった。

内容はこれでいいが、この左注は事実関係に混乱が指摘されている。吉田老のあだ名が石麻呂というのはおかしい。古麻呂ではないか。仁敬の子とあるが、仁敬は人名でなく、君子を誉《ほ》める言葉である。石麻呂の父親は吉田宜《よしだのよろし》だ。ちなみに、吉田宜は巻五に大伴旅人と書簡を交わしている。などなど、色々な説があるが、どれも確実な根拠があっての指摘ではない。とりあえず、左注のままに理解して歌の鑑賞に支障はない。

二人の掛け合いがとにかく面白い。

はじめの歌が家持作、これに応えたのが石麻呂作。

家持が石麻呂に大げさに呼び掛ける。

「われもの申す」

二人は同僚か、家持のほうが先輩と思われる。その家持が石麻呂に、ことさら大げさに語り掛ける。

その上で、やせぎすを恩着せがましくアドバイスする。

「夏やせ防止に鰻を食べなさい」

といっても家持が鰻をご馳走するわけでない。単にからかっているだけ。

石麻呂のほうも百も承知。

「やせていたって生きていれば十分」

要らぬ忠告、大きなお世話、というわけだ。

「あなたこそお気をつけください。鰻を捕ろうと川に入って、川に流されて命を落とすことがないように」

この歌が載る巻十六は「由縁《ゆえん》有る并《あわ》せて雑歌《ぞうか》」のタイトルがつく。優雅な文学作品というよりは、諧謔《かいぎやく》や言葉遊び的な作品が目立つ。後半になると社会問題を扱った作品群が出てくるが、鰻の歌はいうまでもなく前半部に置かれている。

最近は鰻が捕れなくなって、すっかり高級魚になってしまった。それでも土用《どよう》の丑《うし》の日は鰻屋はにぎわっている。

土用の丑の日に鰻を食べるようになったのは江戸時代のことという。平賀源内《ひらがげんない》が鰻屋の客寄せとして考えついたキャッチコピーだそうだ。そのため、鰻の夏バテ防止効果は栄養学的に根拠がないとされているようだが、この歌を見るかぎり、万葉の時代から鰻は夏バテ防止に効果があったと認識されていたことが分かる。

鮒　それでも食べたい!?

鰻が出たついでに、同じ魚の鮒《ふな》を取り上げる。鰻の歌と同じ「由縁《ゆえん》有る幷《あわ》せて雑歌」の部立てに入るが、これが鰻とは一転、とんでもない扱いだ。みなさんの万葉観を一変させかねない、過激な内容となっている。

万葉集は上品といったイメージを木っ端みじんに吹き飛ばす!?

長忌寸意吉麻呂《ながのいみきをきまろ》の歌八首（のうちの一首）

香塔厠屎鮒奴《かうたふかはやくそふなやつこ》を詠める歌

香《かう》塗《ぬ》れる　　香り高い
塔《たふ》にな寄《よ》りそ　　塔に近寄るな

川隈《かはくま》の
屎鮒《くそぶな》食《は》める
痛《いた》き女奴《めやつこ》　（巻十六 3828）

川の回り込んだ淀《よど》みにいる
屎鮒を捕って食べる
酷《ひど》い女の奴《やつこ》だ

題詞によると、この歌は「香《こう》、塔《とう》、厠《かわや》、屎《くそ》、鮒《ふな》、奴《やつこ》」の六文字を詠みこんでいる。この歌にかぎらず、ここにある長意吉麻呂《ながのおきまろ》の歌は、表現の優雅さやすばらしさを追い求めたものではない。歌に似つかわしくない言葉や脈絡のない言葉を、いかにして一つの歌に組みこむかの巧みさを披露するのが目的だったようだ。優雅さよりも、ばらばらのイメージの言葉を一つの歌にまとめることを得意にしていたのだろう。

ここでは香と塔の高尚なものと、厠と屎の汚いもの、それにイメージが中立な鮒と奴を詠みこんでいる。香は今でいえば香水、塔はお堅い寺院のシンボル、厠はトイレ、屎、鮒、奴は現在もそのまま使う。

意味は現代語訳にあるとおりだが、気になることが一つ。題詞が指定する厠が歌に出てこない。それに代わるのが川隈《かわくま》ということになるが、これがどうして厠の代用になるのか。

川隈は川の回りこんだところをいい、「く」の字形に曲がった岸に板を渡して用を足した。それで、当時は厠といえば川隈をイメージしたらしい。ということは、万葉時代のトイレは水洗だった！

屎鮒《くそぶな》は厠のある川隈で屎を餌に大きく成長する鮒をいっていると取れるが、そういう名前の鮒がいたという説もある。


ところで、万葉集からは離れるが、後に天武《てんむ》天皇となる大海人《おおあま》皇子と、天智《てんじ》天皇の息子である大友《おおとも》皇子が戦った壬申《じんしん》の乱《らん》に鮒のエピソードが残る。大海人と額田《ぬかた》王の間に生まれた十市《とおち》皇女が、鮒の包み焼きの腹に大海人の危急を書き記して、これを大海人に送って難をまぬがれたという。壬申の乱当時、十市は大友の妃として近江宮にいて、それで大友の近江朝が吉野へ逃げた大海人を殺害する計略を察知したのだという。もちろん、これが事実かフィクションかは定かでない。

それにしても、同じ魚でも鰻と鮒では大ちがい。万葉集は鮒には迷惑な歌を残してくれたものだ。

4 酒

少々下品な歌のお口直しに、アルコール消毒といきますか。万葉集には多くの酒の歌が載る。優雅なお酒もあれば、同席したくないお酒もある。万葉時代はどんなお酒を楽しんだのだろうか。

肴　団子より花

ところで、万葉集には酒の肴《さかな》が見あたらない。酒の肴らしきものとして塩が見えるだけ。山上憶良《やまのうえのおくら》の貧窮問答歌《ひんきゅうもんどうか》に出てくる。長い歌なので、塩が出る冒頭部を引用する。

貧窮問答歌《びんぐうもんだふか》一首并《あは》せて短歌

風交《かぜま》じり 雨降《あめふ》る夜《よ》の
雨交《あめま》じり 雪降《ゆきふ》る夜《よ》は
すべもなく 寒《さむ》くしあれば
堅塩《かたしほ》を 取《と》りつづしろひ
糟湯酒《かすゆざけ》 うちすすろひて
…略…（巻五 892）

風交じりの雨降る夜
雨交じりの雪降る夜は
どうしようもなく寒いので
塩の固まりを少しずつ取って食べ
酒かすを溶いた湯をすすって
…略…

冬の寒い夜に塩をかじりながら糟湯酒《かすゆざけ》を飲む。そんな様子を詠《うた》っているが、この塩を糟湯酒の肴と取っていいのかどうか。粗末なスナックといった感じだが、もしこれが肴だとしても、万葉集の肴は塩だけで、塩以外に酒の肴は出てこない。

ちなみに、貧窮問答歌は有名なので、タイトルを聞いたことがあるかもしれない。一般的には「ひんきゅうもんどうか」と教えられたと思うが、貧窮は「びんぐう」と訓《よ》むべきだとか。話がそれた。万葉集に食べ物の肴は出てこないが、花を肴に酒を飲む歌はある。花より団子の現代人とちがって、万葉びとは団子より花。ただ花は桜ではなく梅だった。わたしたちよりはるかに風流人の、花を肴に酒を飲む歌二首。

春柳《はるやなぎ》
かづらに折《を》りし
梅《うめ》の花《はな》
誰《たれ》か浮《う》かべし
盃《さかづき》の上《へ》に　（巻五840）

春柳を
髪飾りに折って
梅の花を
だれが
盃の上に浮かべたのでしょう

梅《うめ》の花《はな》
夢《いめ》に語《かた》らく
みやびたる
花《はな》とあれ思《も》ふ
酒《さけ》に浮《う》かべこそ　（巻五852）

梅の花が
夢で語るには
風雅な
花だと自分は思っている
お酒に浮かんでいればこそですが

この歌は、前者が「梅花の歌三十二首」のタイトルがつく歌群に含まれ、後者がこの歌群に続く「後に梅花に追和する四首」の一首。前者の作者は壱岐目《いきのさかん》の村氏彼方《そんしのおちかた》、後者はだれの作かの記述はない。

はじめの歌では、人が梅の花を盃に浮かべている。作者はだれが浮かべたのか分からないとしているが、気が置けない女性だったのか。ただ、この歌が詠まれた宴は、色気よりも文学談義に花が咲いたようだ。後述。

二つ目は、優雅というよりはコケティッシュな調べになっている。

梅の花自身が、

「酒に浮かべば梅の花は魅力的よ」

となまめかしくささやきかける。こちらは前者よりさらに色っぽい。

ともに梅の花びらを盃に浮かべる内容になっているところから、じっさいに梅の花をお酒に浮かべて飲む習慣でもあったのかもしれない。上野の山の飲めや歌えのどんちゃん騒ぎよりも優雅だったことは確かだ。

◆梅花に集う文人粋人

ところで、前者の歌が含まれる「梅花の歌三十二首」歌群には長い序がついていて、詠われたときの様子が分かる。

三十二首は天平二年（七三〇）正月、大伴旅人《おおとものたびと》宅の宴会で作られた。このときの旅人は大《だ》宰帥《ざいのそち》（大宰府長官）として筑紫に赴任していて、その公邸には梅の木がたくさん植えられていたという。宴会では楽しい酒が振る舞われ、みんながくつろいで満ち足りた気分だった。

粋人《すいじん》旅人の周囲には文人《ぶんじん》が集まっていたようで、序に次のようにある。

「この風情は文芸ならずに何で表現できようか。昔から散りゆく梅花を詠う詩があるが、これは昔も今も変わらない。長官宅の梅を題材に少しばかり短歌を詠じようではないか」

宴会の主催者は大伴旅人。酒好きで知られる旅人だけに大量の酒が振る舞われたことは想像にかたくない。べろんべろんに酔っ払って、まさに反吐《へど》で無残な光景だった！　そんな様子が目に浮かぶが、序を読むかぎり、粋で文化的な宴だった。

楽しくお酒を飲んで、ほんわかと酔いが回って、場が盛り上がって歌を作る。

「ホントかなあ、カッコつけてるだけじゃないの？」

花より団子派としてはそう勘ぐりたくなるが、もちろん、そんなことはなかった。優雅に酒も梅も楽しんだとしておこう。

やけ酒　略酊貴族

それにしても、大伴旅人《おおとものたびと》はお酒が好きだった。酒をこよなく愛したというか、大酒飲みとしてのほうが有名かもしれない。

「大宰帥大伴卿《だざいのそちおほとものきよう》の酒《さけ》を讃《ほ》むる歌十三首」

こんなタイトルがつく歌まで残る。これは酒を詠んだ名歌とされる。おおらかに酒を讃《たた》えていて、全体に微笑ましい雰囲気にあふれているが、中には顔をしかめたくなるような歌も混じる。

旅人は名門の大伴家の当主で、人柄は穏やかだったという。その人格者が人を罵《ののし》るかのような歌や、世を拗《す》ねた歌を詠っている。その歌だけを見ると人格者のレッテルがはがれそうだが、そう詠わないではいられない理由があった。

ただ、道徳的な価値観をおいて「酒《さけ》を讃《ほ》むる歌」を鑑賞するなら、酒好きならずともインパクトを受けるはず。十三首の中から気になる歌を三首紹介する。

あな醜《みにく》
賢《さか》しらをすと
酒《さけ》飲《の》まぬ
人《ひと》をよく見《み》ば
猿《さる》にかも似《に》る　（巻三344）

何と醜いことか
偉そうに
酒をばかにして飲まない
人をよく見れば
そうそう、猿にそっくりではないか

これを見て、どんな感想を持っただろうか。人となり穏やか、かつ名門貴族の歌とも思えない。酒を軽蔑する貴族を徹底的にこき下ろす。過激ぶりからして一般的な賢《さか》しら人を詠っていないことは明らかだ。それなら、この賢しら人はだれを指しているのだろうか。賢しら人がだれかの説明はないが、ここまでこき下ろしているのだ。

旅人が個人的に、

「ぜったい許せない」

と反感を持つ人物にちがいない。後に出てくる。

中々《なかなか》に
人《ひと》とあらずは
酒壺《さかつぼ》に
なりにてしかも
酒《さけ》に染《し》みなむ　（巻三343）

中途半端に
人でいるよりは
いっそ酒壺に
なってしまいたい
そう、酒に染みていよう

ここは、思いどおりにならないならいっそのこと酒壺になってしまいたい、と詠う。さすが大酒飲み、酒飲みならではの突き抜けた発想だ。

ふつうなら次のようになるのではないか。

「酒を湛《たた》えた壺に浸っていたい」

が、旅人の発想はそれを飛び越える。

「酒壺そのものになりたい」

飛躍も飛躍、追随を許さない発想のジャンプ力だが、これは言葉遊びなどではなかった。この時の旅人の本音だったと思われる。同じ発想の歌が十三首歌群にある。

この世《よ》にし
楽《たの》しくあらば
来《こ》む世《よ》には
虫《むし》にも鳥《とり》にも
われはなりなむ　（巻三348）

今この世で
楽しくできるなら
来世では
虫にでも鳥にでも
わたしはなってやろう

これ以上ないくらいシンプルな歌で、何の解説も必要なさそうだ。現代語訳がなくてもそのまま理解できる。

読んだ瞬間、あっけらかんとした切れのよさを感じさせるが、ここにこめられた思いはそんなカッコいいものではない。現実逃避、刹那《せつな》主義。早い話が世を拗ねているのだ。名門大伴家の当主が、どうしてこれほどまでに屈折してしまったのか。

◆無念の思いの先は藤原氏へ

大伴旅人の筑紫赴任はいわゆる左遷。神亀《じんき》五年（七二八）に筑紫入りして、天平《てんぴょう》二年（七三〇）に帰京している。赴任した神亀五年に長屋王《ながやおう》の変《へん》（「おわりに」P211万葉事件参照）が起こり、頼りにしていた長屋王が藤原氏によって死に追いこまれる。さらに最愛の妻大伴郎女《おおとものいらつめ》までが亡くなる。

旅人が長屋王に近いことは周知のこと。しかも大伴氏は軍事的に影響力があったので、反長屋王グループにとっては目障りな存在だった。それで長屋王殺害を画策していた藤原一派が旅人を京から遠ざけたと見られる。

京から遠く離れて長屋王を救うことができなかった。それは旅人のせいではなかったが、旅人は悔やんでも悔やみきれなかった。この憤りの矛先が長屋王を死に追いやった藤原氏に向かったのは当然だろう。

歴史に「もし」も「れば」「たら」もないが、長屋王が生きていれば、このとき左大臣だった長屋王は確実に太政大臣になっていた!?

それより何より、長屋王の息子は天皇になったかもしれない。当時、長屋王一族はそれくらい格式が高かった。ほとんど天皇家と同格だった（「住の章・豪邸」P77参照）。

それが筑紫左遷で一変してしまった。旅人が筑紫に赴任して間を置かず、頼りとする長屋王に死なれ、愛妻の大伴郎女《おおとものいらつめ》に先立たれ、筑紫の生活は絶望の底にあった。梅を愛で、酒を楽しんで憂さを晴らしながらも、世を拗ねるしかなかった。

妻を亡くした寂しさから一日でも早く京へ帰りたい。居ても立ってもいられない。そんな思いがいよいよ募る。

こうした日々に耐えられなかったのか、帰京を実現するために旅人は藤原氏に全面降伏する。筑紫から、長い序のついた歌とともに梧桐《ごどう》の日本琴《やまとごと》を藤原房前《ふじわらのふささき》に贈る。早い話がワイロ。藤原氏にひれ伏して取り入った。これが功を奏してか、旅人は京へ帰ることができた。

旅人は矜持《きょうじ》を捨てて、屈辱的な実利を取った。

通説では、旅人は房前に親しみを感じて贈ったとされるが、本当にそうだろうか。丁重な文面と優雅な琴とは裏腹に、旅人の心は晴れなかった。鬱屈《うつくつ》した気持ちが「酒を讃むる歌」を詠わせた！

二日酔い　女王がヘド吐いた!?

大伴旅人《おおとものたびと》は大酒飲みだったわけだが、人にも酒を勧めるのが好きだったという。巻四には旅人から酒を勧められた丹生《にう》女王の歌が残る。通説では、彼女は旅人からお酒のプレゼントの申し入れを受けて、しかし二日酔いを用心して婉曲《えんきょく》に酒を断って別のものをねだったという。

が、これはあくまで通説。とりあえず通説で鑑賞する。

通説そのものを俎上《そじょう》に乗せるので、現代語訳は小学館の「日本古典文学全集」にお願いする。

丹生女王《にふのおほきみ》の大宰帥大伴卿《だざいのそちおほともきやう》に贈る歌二首（のうちの二首目）

古人《ふるひと》の
飲《たま》へしめたる
吉備《きび》の酒《さけ》
病《や》まばすべなし
貫簀賜《ぬきすたば》らむ　（巻四554）

昔馴染みが
送ってくださった
吉備の酒も
酔ったらどうしようもありません
貫簀を戴きたい

丹生女王が大伴旅人に贈った歌だ。この歌は解釈が難しくて、疑問が解決されないままに現在に至っている。

意味は通説によると右にあるとおりだが、ここに悩ましい問題がある。

貫簀《ぬきす》。

簀は「すのこ」のことで、貫簀は竹を編んで手水鉢《ちょうずばち》に置いておくものだという。手を洗うときに水しぶきが飛び散らないようにするために使った。言葉の意味としてはこれでいいが、酒の代わり、あるいは酒といっしょに貫簀を贈ってほしいというのがよく分からない。

通説によれば、作者は旅人の酒のプレゼントのほかに貫簀を求めたことになる。酒を飲んで病気になる。ふつうに考えて、酒で病むとくれば二日酔い、二日酔いになるほど飲めば嘔《おう》吐《と》、へど、へどへと連想が進む。

へどと貫簀がつながれば、女王のいう貫簀の使われ方が想像できる。

想像できるのだが、これが少々品位に欠けるせいか、通説に対して異論、反論が出ている。どう品位に欠けるのか。それが貫簀の使われ方だ。ちなみに通説のおおもとは仙覚《せんがく》、万葉集研究の草分けといっていい鎌倉時代の学者だ。

酒を飲みすぎれば嘔吐する。たらいに嘔吐するときに、反吐《へど》が飛び散るかもしれない。その用心に貫簀が必要だ。通説は嘔吐対策に貫簀を求めたとするが、これでは丹生女王、皇族の女性の歌としていかがなものか、というわけ。

異論を唱えるのが、土屋文明《つちやぶんめい》と沢瀉久孝《おもだかひさたか》だ。二人の説を土屋の『万葉集私注《まんようしゅうしちゅう》』と沢瀉『万葉集注釈《まんようしゅうちゅうしゃく》』で確認する。

「飲んでへど吐くご婦人は現代にも見られる如く、天平の古へにも存したではあらうが、嘔吐と貫簀の間に必然的或は習俗的関係ありとも思はれぬ。寧ろ酒の方を謝絶して貫簀を希望する心持ち見るべきである」（『万葉集私注』）

「へどには盥《たらい》こそ必要であるが、貫簀が何で必要であらう。第一この歌にへどなどといふものを考へ出す事がをかしいのである。既に述べ来つたやうに作者は酒を飲んでいないのである。酔つぱらつて病気になつたと解する事が作者を侮辱するものだとわたしは述べたので、況んやへどをつくなどとは以つての外だと私は考へる」（『万葉集注釈』）

嘔吐《おうと》と貫簀《ぬきす》の関係について、沢瀉のほうに拒否感が強い。沢瀉には、高貴な女王が酔っ払ってへどを吐くなどとは想像だにできないようだ。何しろ、彼女は正四位上の皇族だ。ただ、丹生がどんな家柄かははっきりしない。

貫簣を嘔吐対策とする通説と、これを否定する土屋・沢瀉連合説の二つは、両立しない。一方が正しければ、もう一方はまちがいということになる。それなら、どっちが正しいのか。読者は二つを天秤《てんびん》にかけるかもしれないが、二つとも正しくない可能性だって捨て切れない。

◆歌群はセットで解釈する！

この五五四番歌は二首歌群の片割れで、歌群を成すもう一首を伴う。その相手が五五三番歌だ。

五五三番歌は、恋する人と心が通じ合うことを確かめる内容になっている。酒とは関係ないが、同じ歌群にあるのだから貫簣の歌と無関係とは考えられない。

内容を一貫させるため、これも「日本古典文学全集」の訳を引用する。

天雲《あまくも》の
そくへの極《きは》み
遠《とほ》けども
心《こころ》し行《ゆ》けば
恋《こ》ふるものかも　（巻四553）

天雲の
たなびく果てのように
遠くても
こちらの思いさえとどけば
恋い慕ってくれるものでしょうか

相手を思っていれば、その思いは通じるのだろうか。丹生女王はそう相手に念を押している。この相手は、歌群の題詞から旅人ということになる。一見、シリアスな求愛歌のようだが、それが作者の本音だろうか。

五五三番歌を受けて五五四番歌を詠んだとするなら、作者は少々分裂症気味と取られるかもしれない。恋する相手から酒を贈るという連絡があり、それをやんわりと断った上で、酒の代わりに貫簀をねだる。土屋・沢瀉説だと、こういうことになる。この解釈だと、酒の代わりに貫簀をもらいたくなる動機が分からない。

それよりは、二首あわせて旅人の健康を心配したと取るほうが合理的だ。厳密にいえば諫《いさ》めたといったほうがふさわしいかもしれない。

丹生女王が旅人に贈った歌が巻八（一六一〇番歌）にもある。二人がきわめて親しい、少なくとも女王が旅人に好意を持っていたことがうかがえる。それなら、女王は貫簀の歌で旅人を諫めたのではないか。女王は旅人よりも年上、面倒見のいいオバサマだったと思われる。

それはともかく、丹生女王自身が酒飲みかどうかは分からない。万葉集には女王が酒を飲んだ事実はない。貫簀の歌でも女王は酒を飲んでいない。旅人が女王にお酒を贈ると申し出た、という事実も万葉集にはない。これらはすべて後世の読者の想像でしかない。読者の憶測にすぎない。

◆旅人を思いやる丹生女王

この二首はおそらく、女王が一方的に旅人に贈ったものだ。女王に歌を作らせるような旅人の働きかけがあったとは思えない。

一首目（五五三番歌）で、女王は旅人に、

「思いがとどけば、それはかなうものだろうか」

と聞いている。歌では恋心になっているが、これを本気の恋の歌と取る必要はない。

「心というものは、心の底から思えば相手に伝わるのでしょうか。わたしはそう信じますが、あなたはどう思われますか」

こう確認して二首目（五五四番歌）で、その思いの中身を伝えた。女王は心底、旅人を思っていた。旅人のすさんだ生活、健康を案じていたのだ。女王の旅人を思う気持ちこそ、五五四番歌だった。

「どんなにいいお酒を飲んでも、それで病気（二日酔い）になっては元も子もないではありませんか。そんなことになったら、それこそ貫簀を頂かなければならなくなりますよ」

この酒を飲んで病気になる、簀貫をもらう。これはともに、旅人に向かっていっている。この歌は、丹生女王が筑紫にいる旅人に贈ったものだ。

「酒を讃むる歌十三首」で見たように、筑紫の旅人は酒浸りの日々を送っていた。この荒《すさ》んだ生活は、京にいる女王の耳にも入っていただろう。それを心配して、機転を利かせて諫めの歌を贈ったのだ。

ちなみに、貫簀は旅人が赴任していた筑紫の名産品だった。

五五四番歌を、女王自身のことだと理解するから訳の分からない解釈に陥ってしまった。

女王のことだとしたから沢瀉のように、

「酔つぱらつて病気になつたと解する事が作者を侮辱するものだとわたしは述べたので、況んやへどをつくなどとは以つての外だ」

という個人的な道徳論を持ちこむことになってしまうのだ。

ただ、以上の解釈は大伴旅人を実際以上に貶《おとし》めているのかもしれない。本書は、旅人は酒浸りの中で「酒を讃むる歌」を作ったとしたのだが、もう少し大人の解釈をする読者は、旅人の大らかさが詠わせたと理解しているようだ。

平安―鎌倉時代の歌人、藤原俊成《ふじわらのとしなり》は『古来風躰抄《こらいふうていしょう》』で、旅人の「酒を讃むる歌」を次のように評価している。

「酒なども、この頃の人も、内輪の場合は、思いのほか酒に酔ってしまうこともあるけれど、宮中で催される大饗《だいきょう》などの公的な場合には、形だけ酔ったふりをするのであるのに、以前は、公的な場合にも本当に興趣あることをしたのである。そうだから、古人もこのように酒をほめて詠んだのであろう」（現代語訳は小学館「新編日本古典文学全集」による）

俊成は旅人の過激な酒の歌を、軟弱な平安人が失った古人《いにしえびと》の興趣というか豪胆さが詠わせたと見ていたことが分かる。この価値観の中には、軟弱な平安時代の歌評価への皮肉があったのかもしれないが、そうだとしても好意的過ぎる感じがする。

丹生女王が遠い京で案じなければならないほど旅人の生活が荒んでいたとしたら、筑紫で左遷の屈辱の中にあった旅人が、古人の興趣に浸るほど雅《みやび》だったとは考えにくい。

禁酒令　わが国最古の治安維持法!?

すでに見たように、全体に万葉集の中のお酒はおおらかでほほ笑ましい。お酒は万葉集の潤滑油みたいなもので、万葉集から酒の歌が消えたら寂しいことこの上ない。それほど万葉集とお酒は切っても切れない関係にあるといっていいが、権力の中枢には酒を快く思っていない人間がいたのもまた事実だった。それがすでに見た大伴旅人の歌だ。旅人は酒を毛嫌いする権力者を、徹底的にこき下ろしていた。それでも万葉集は酒を謳歌する歌に満ちている。素朴に万葉集を鑑賞して、万葉集は酒を賛美している。酒は楽しいもの、人間関係をスムーズにする、そういう流れで酒が詠われている。万葉集は恋愛歌集であるように、讃酒歌集でもある。

ところが、そんな万葉集に「禁酒令」の歌があるのだ。ふつうに万葉集を鑑賞している読者には、にわかに信じられないかもしれないが、酒好きで知られる大伴氏の人間が禁酒令を小バカにしたような歌を詠っている。

◆禁酒令をシャレのめす?

歌自体は、梅の花びらを杯に浮かべる内容で、この章の「肴」で取り上げたほうが相応しいかもしれない。しかし、作歌の真意は禁酒令をやり玉に挙げることにあるようなので、ここで歌を確認する。二首歌群。

大伴坂上郎女《おほとものさかのうへのいらつめ》の歌一首

杯《さかづき》に
梅《うめ》の花浮《はなう》かべ
思《おも》ふどち
飲《の》みての後《のち》は
散《ち》りぬともよし　（巻八1656）

杯に
梅の花を浮かべて
気が合う同士が
飲んだ後は
お役御免の梅の花はどうぞ散ってください

和歌一首
官《つかさ》にも
許《ゆる》したまへり
今夜《こよひ》のみ
飲《の》まむ酒《さけ》かも
散《ち》りこすなゆめ　（巻八1657）

役所に
許された
今夜だけの
酒なのだろうか、そんなことはあるまい
ゆめゆめ散ってくれるな

右、酒は官が禁制して偁《しよう》すに「京中閭里《けいちゆうりより》に集宴《しふえん》すること得ず。但し親親《しんしん》の一《ひと》り二《ふた》りが飲楽するは聴許《ちようきよ》す」。此れに縁《よ》りて和す人は此の発句を作る。

一首目はすでに取り上げた、梅の花を杯に浮かべて気の合うもの同士が酒を楽しむ歌の流れの中にある。作者の大伴坂上郎女は、楽しく飲んだ後は梅の花の役目は終えたのだからどうぞ散ってくれてかまいません、と詠う。歌の響きからは、梅の花をねぎらったというよりは、突き放した印象だ。どこか投げやりだ。

これを受けた二首目は、梅の花に気をつかって取りなしたのだろうか。酒宴は今夜かぎりのことではない。明日も明後日もあるのだから、そう簡単に散ってくれるな。機嫌の悪い女主人をたしなめる、気のいいオッサンがイメージできそうだ。

二首歌群につく左注から、このささやかな酒宴が開かれた経緯が分かる。左注によると当時、禁酒令がしかれていて、京でも田舎でも派手な酒宴は禁止されていた。しかし、少人数の身内の集まりなら飲酒が許され、この歌もそんな酒席で詠われたというわけだ。

もしこのとおりなら、自分が主催した小さな酒宴が無事に終えて一安心した女主人と、まだ飲み足りない客のやりとりということになる。それはそれでとくに問題はないが、編者はどうして二首目の作者名を外したのだろうか。万葉編者が二首目の作者を知らないということは考えにくい。だとしたら、一首目は大伴坂上郎女と明記しているのだから、二首目の作者を隠す理由が分からない。

それでも万葉編者は作者名を出さない。考えられる理由としては、歌以外にはない。編集者にすれば、一首目は歌をそのまま受け取ってもらってかまわないが、二首目はそうはいかないのかもしれない。権力側に知られたら具合の悪い思惑がこめられていた。たとえば、禁酒令を茶化す、でなければ皮肉を込めてシャレのめす。

◆禁酒令で治安維持

万葉集には天平宝字《てんぴょうほうじ》三年（七五九）までの歌が収録されている。この間、歌群が題材にする禁酒令は、『続日本紀《しょくにほんぎ》』によると、四回出されている。そのうち三回は「疫病や干ばつに悩んで」飲酒と屠殺の禁止を天神地祇に誓っている。いってみれば、野球選手がゲン担ぎで「優勝するまでひげを剃らないぞ！」といった程度の思い入れだったが、こちらは迫力がちがう。四回目の天平宝字二年（七五八）は、政治的な理由から禁酒が発せられた。『続紀』で確認する。

「宴会に参加するものは良識をなくして、同じ不満を持つものが集まると立派に行われている政治でも批判する。酔っ払って節度をなくし、挙げ句にけんか沙汰となる。これは道理に合わないことである。それで今後、皇族と貴族以下のものは、祭祀や病気治療以外で飲酒をしてはならない」

要するに、酒宴を称しての集会は禁止！　これから天平宝字二年の禁酒令が、社会・政治情勢を反映したものであることが分かる。

直前に聖武《しょうむ》太上天皇と、聖武を支えた橘諸兄《たちばなのもろえ》が相次いで亡くなっている。これは皇親派の大伴氏などにとっては致命的で、反藤原の皇親派は情況を大きく変えようと活発に秘密集会を繰り返した。これは橘奈良麻呂《たちばなのならまろ》の乱《らん》として表面化するが、藤原氏側に先手を打たれて失敗に終わる。

こうした中で出たのが、天平宝字二年の禁酒令だったわけだ。『続日本紀』によれば、発令の動機は明白だ。「同じ不満を持つものが集まると反体制活動へと突き進みかねない」、とりわけ酒は勢いに拍車をかけそうだ。それで「皇族と貴族は、祭祀や病気治療以外で飲酒をしてはならない」。

酒を飲みながら謀議を凝らすことはまかりならん。つまり治安維持のために酒は飲ませない、というわけだ。とても分かりやすい。

この時点で、反藤原のスタンスが明確で酒好きときたら、大伴一族をおいてほかにはないだろう。少なくとも施行者には、天平宝字二年の禁酒令に大伴氏が念頭にはあっただろう。

その大伴氏の中心人物である大伴坂上郎女が禁酒令を題材に歌を詠み、それに名前不詳の男が禁酒令などまもる必要もないと応じる。親族がこじんまりと集まるだけならいいが、この歌はそこで止まっていない。取りようによっては、返歌の作者は禁酒令を挑発しているかのようだ。

◆権力を挑発したのはだれ？

この時点で、大伴氏は旅人《たびと》が亡くなっていた。家長はその後、家持《やかもち》へと引き継がれるが、この間は強力なリーダーシップを執る男子はいなかったようだ。それで一族を束ねたのは坂上郎女だったと考えられており、そんな郎女が一首目を詠い、一族の男子が和《こた》えた。

それならこの男子はだれか。

坂上郎女に、軽口めいた歌を返す。相当に親しい関係にあったのだろう。歌の内容から分かるように作者名を表に出せなかったわけで、それなりのポジションにあったはずだ。歌自体がそれほど関心を持たれなかったからか、これまでは作者がだれかについて本格的には取り上げられなかった。

そんな中、土屋文明《つちやぶんめい》が『万葉集私注《まんようしゅうしちゅう》』で大伴家持ではないかとの説を出している。ほかに有力な候補はいないので、漠然と家持だとされているようだが、おそらくちがうだろう。

大伴氏は軍事氏族として影響力を持ちながら、反藤原の中心メンバーと見られていたことから冷や飯を食わされていた。それで一族の有力者にも血気にはやって実力行使を画策するものがいた。しかし、家持は慎重で、一族のこうした動きにブレーキをかけていた。そんな家持がわざわざ歌で権力を挑発などするだろうか。

何しろ、この禁酒令が出て一年も経たないうちに万葉集は終焉を迎えているのだ。家持に、軽口をたたくような歌を作るだけの余裕はなかったのではないか。

天平宝字二年（七五八）の禁酒令のきっかけとなったと考えられる橘奈良麻呂《たちばなのならまろ》の乱《らん》（天平宝字一年、七五七）では、大伴氏の有力者が、奈良麻呂らとともに惨殺されている。

5 住

万葉の時代で最大の豪邸は、天皇の宮殿ということになる。今でいえば、官邸プラス公邸プラス国会議事堂といったところか。天皇の宮殿が立派であったことはいうまでもないが、それ以外ではどんな豪邸があっただろうか。

万葉時代の高級住宅街は平城京だった。とりわけ平城宮の周辺はすごかった。その豪邸の中で群を抜いていたのが藤原仲麻呂《ふじわらのなかまろ》の田村第《たむらだい》と長屋《ながや》王邸だ。

ここでは、長屋王邸を取り上げる。

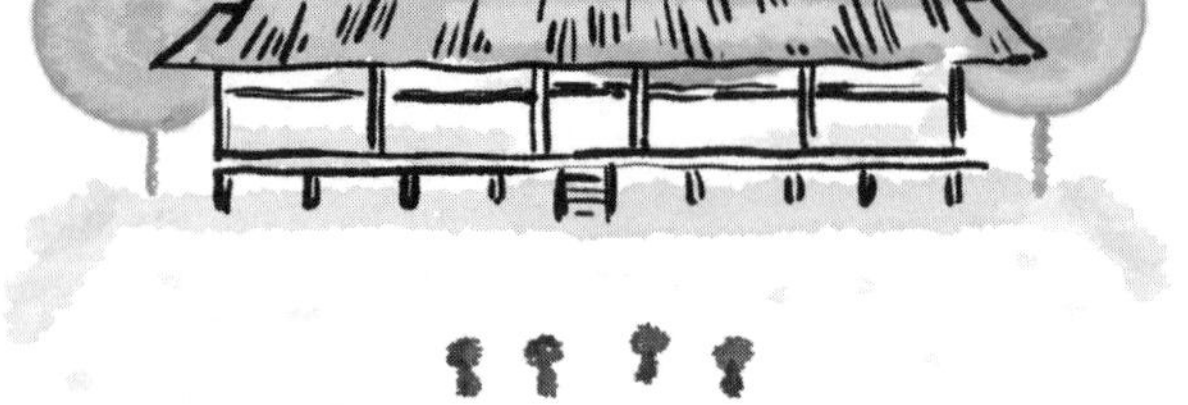

豪邸 なのに丸太づくり?

長屋王の邸宅は平城宮のすぐ近くにあって、発掘調査によって巨大邸宅だったことが分かっている。この発掘調査で大量の木簡《もっかん》が見つかった。木簡とは今の役所の書類みたいなもので、木を薄く削ってそこに文字を記した。その木簡に「長屋親王」という記載があり、研究者から大いに注目された。

というのは、「親王」という肩書きは天皇の子どもだけにしかつかない。長屋王の父親は高市《たけち》皇子で天皇でない。天武《てんむ》天皇の皇子で、長屋王は天武の孫ということになる。そこで、高市皇子は即位したのではないか、という説まで出たりしたが、もちろん高市は天皇になっていない。

しかし、長屋王は親王を称した。長屋王だけでない。長屋王と吉備《きび》内親王(元明《げんめい》天皇と草壁《くさかべ》皇子の娘、元正《げんしょう》天皇妹)の間に生まれた子どもも親王として遇された。しかも、この時点で親王といわれたのは長屋王一族だけだった。聖武《しょうむ》天皇に男子はまだ生まれていなかったから で、長屋王とその子どもがもっとも天皇に近い皇族だった。

発掘調査で明らかになった長屋王の大邸宅は、万葉集にも登場する。それがただ事でない。完成するや、天皇が新築の寿《ことほ》ぎをしている。これがいかにすごいことか。だからこそ、万葉集に歌が残ったのだが。

◆天皇が行幸した長屋王邸

天皇が有力者の邸宅の新築祝いのために行幸して、家誉《いえぼ》めをする。その歌が万葉集に残る。長屋王は邸宅だけでなく、その地位も並みでなかった。

ただ、絶頂にあった当時でも、長屋王は全権を握っていなかった。対立する藤原氏を圧倒するだけの力はなかった。強力な幹事長（藤原氏）と対立する総理大臣（長屋王）といった構図だったが、長屋には元正天皇がバックについていた。この行幸も元正の働き掛けで実現したのだろう。行幸時点では、元正は皇位をおいの聖武に譲って太上天皇だった。

太上《だじよう》天皇の御製歌一首

はだすすき　　（枕詞）
尾花逆葺《をばなさかふ》き　　尾花を逆さに葺いて
黒木《くろき》もち　　黒木であらっぽく
造《つく》れる室《むろ》は　　造ったこの家は
万代《よろづよ》までに　　万代まで続くだろう
（巻八1637）

天皇の御製歌一首

あをによし　　　　（枕詞）
奈良《なら》の山《やま》なる　　奈良の山から採った
黒木《くろき》もち　　黒木でもって
造《つく》れる室《むろ》は　　造った家ではあるが
坐《ま》せど飽《あ》かぬかも（巻八1638）　　後々までも飽きることはない

右聞く、左大臣長屋王の佐保《さほ》宅に御在《いま》して肆宴《しえん》する御製なり。


一首目が元正太上天皇、二首目が聖武天皇作。

まずは、歌から確認する。

解釈は右のとおり。二首に出る「黒木」は皮のついたままの木のことで、丸太のこと。

黒木に掛かる、

「尾花逆葺き」

これは薄《すすき》の穂先ともとをふつうとは反対に葺くという意味。高級でないイメージだが、邸宅全体のことではなく、神聖な場所、今でいえば神棚みたいなところをいっているのかもしれない。

あるいは贅《ぜい》をこらした建物を、逆に控えめに誉《ほ》めたのだろうか。

「そんな贅沢《ぜいたく》な家ではありません」

といいたかったのかもしれない。

譲位した元正は権力を手放していた。いってみれば、社長から代表権のない会長になったようなもの。自分に近い長屋王への戒めだったのか。

「絶頂であるときほどおごってはいけない」

元正は長屋王の後ろ盾だったわけだが、じっさいは長屋王が元正を支えていた。元正は、聖武と藤原一族と関係が悪く、長屋王を頼りにしていた。

そういう意味で一首目は何の問題もないのだが、二首目の聖武の歌が気になる。これが事実だとすると、聖武天皇が長屋王邸を訪れて家誉《いえぼ》めをしたことになるのだから、歌が本音だったかどうか。というのは、このときからそう遠くない天平一年（七二九）、聖武は藤原氏の長屋王殺害を容認している。

そうだとしても、この日は晴れの日、表向きは和気あいあいとしていたはずだ。最後の左注に出る肆宴《しえん》は宴会のこと。天皇の行幸に、盛大なもてなしが行われたのだろう。

左大臣はこの時点の臣下最高位者、その長屋王の新築邸宅を荒削りの材木造りと詠《うた》う。やはり気になる、その心。

元正太上天皇は素直に、

「謙虚たれ」

聖武天皇は、

「臣下のくせにこんな立派な邸宅を建てて」

という気持ちだったんじゃないか、とゲスの勘ぐりをしたくもなるが、よもやそんなことはないか。

竪穴住居　地べたで暮らす

長屋王は天皇に次ぐポジションにあったのだから、宮殿に並ぶような立派な邸宅だった。それなら庶民はどんな家に住んでいたのだろうか。立派な邸宅は記憶や記録に残りやすいが、庶民の家を取り上げるというケースはそうはない。

確かに、貧しい庶民の住宅そのものを取り上げた歌は見掛けないが、歌の中で触れたものはある。山上憶良《やまのうえのおくら》の貧窮問答歌《ひんきゅうもんどうか》だ。この歌はすでに一部を引用したが、庶民の暮らしを題材にしていて民俗学的に興味深い情報がふんだんに詰まっている。それで紹介する機会が多くなってしまう。

ここで詠われる庶民は、当時でも貧しいクラス。貧窮というのだから当然だが、その暮らしは今の極貧の比ではない。そんな貧窮の民の家はどんなものだったのか。

さっそく歌を見よう。やはり長い歌なので、関係する部分だけを引用する。

貧窮問答歌《びんぐうもんだふか》一首并《あは》せて短歌

…略…
伏《ふ》せ廬《いほ》の 曲《ま》げ廬《いほ》の内《うち》に
直土《ひたつち》に 藁《わら》とき敷《し》きて
父母《ちちはは》は 枕《まくら》の方《かた》に
妻子《めこ》どもは あとの方《かた》に
囲《かく》み居《ゐ》て 憂《うれ》へ吟《さまよ》ひ
かまどには 火気《ほけふ》吹き立《た》てず
こしきには 蜘蛛《くも》の巣《す》かきて
飯炊《いひかし》く ことも忘《わす》れて
…略…　（巻五 892）

…略…
屋根が地面までつく竪穴住居の中で
地べたに直に藁をばらして敷き
父母は上座に
妻子は下座に
囲んで呻吟し
竈《かまど》には火の気もなく
甑《こしき》には蜘蛛が巣を張り
飯《めし》炊《た》く術も忘れて
…略…

屋根はお椀《わん》を伏せたように葺《ふ》き、家の中に床《ゆか》はなく藁をバラして敷いている。歌によれば、家族は縄文時代と同じ竪穴住居に住んでいたことになる。東屋《あずまや》のわび住まいどころではない。歌なので、本当にこれほどの生活がふつうに行われていたのか、いささか疑問はある。竈《かまど》に火の気はなく、穀物を蒸す甑《こしき》に蜘蛛の巣が張る。飯の炊き方も忘れたというのだから、雪降る冬の夜に食事も作れないわけだ。にわかには信じられない。

もしこれがじっさいの暮らしを描写したものだとしても、おそらく一般的な貧しい庶民を取り上げたものではない。歌からは一家の職業は分からないが、少なくとも農民ではなさそうだ。農村の住民だとしたら、身分は奴卑《ぬひ》だったのかもしれない。

当時の一般農民はどんな家に住んでいたのだろうか。万葉集にそれとなくイメージできる歌がある。

たれそこの
屋《や》の戸《と》おそぶる
新嘗《にふなみ》に
わが背《せ》をやりて

だれですか、この
家の戸を押し揺するのは
新嘗《にいなめ》に
夫を出して

いはふこの戸《と》を（巻十四 3460） 神様をまつる家の戸を

夫が収穫を祝う新嘗《にいなめ》に出ているので、ふつうの農家と考えられる。貧窮でないので単純に比較はできないが、この歌には玄関のドアが出てくる。訪問者を足止めできる戸があって、ということは壁があって、柱があって、屋根を葺いている。

この歌は巻十四の東歌《あずまうた》のグループに入るので、文字どおりの東屋《あずまや》なのかもしれない。竈《かまど》は土間に置かれただろうが、居間は板《いた》の間《ま》になっていたと思われる。トイレや風呂はなくても、戦前の日本の小さな家とさほど変わらない印象だ。

それにしても神聖な夜、夫がいないことを知った上で妻が留守をまもる家を訪ねるとは。

ホント、

「下心見え見えのあなたは、どこのどなたさまですか?」

6 花

今の日本は花盛り。経済力が中国に抜かれて三位になっても、まだまだ豊からしい。家にも、街にも、公園にも、野にも山にも、花が咲き乱れる。

花の量だけでなく、種類の豊富さにも驚かされる。花屋はもちろん、住宅の庭先にも、これまで見たこともない花が植えられている。バラが一番オシャレなんて思っていると、時代に置いていかれそう。恋人の前でさりげなく花の名前をいって格好つける、なんてこともしんどいことになってしまった？

萩　控えめが好き

今は花の種類が多すぎて、

「どの花が一番人気か」

なんて考えるのはまったく無意味かもしれない。

みんなが、

「好き」

といった瞬間に飽きられる。花の人気は短くて、だから次々と新しい品種を探す。これが今の流儀というか、個性らしい。

しかし、万葉の時代は個性を競ったりしなかった。みんなが同じ花を愛でた。どんな花が人気だったか。万葉びとが愛した花は決まっていた。

◆万葉びとが愛でた萩の花

万葉集にはたくさんの花が出てくる。その中で一番多く詠《よ》まれているのは萩《はぎ》の花。ちょっと地味目の萩とは意外だが、なぜ？

万葉集では、萩は百四十二首で詠《うた》われている。次に多い梅が百十九首というのだから群を抜く。百回以上登場する花はこの二つだけ。

万葉集には百五十種類を超す植物の名前が出る。どんな植物が上位にランクされるか、いくつか紹介しよう。

すでに触れたように、一番が萩、二番目が梅、その次がヌバタマの七十九回、松の七十七回、タチバナは六十九回となっている。これが上位5。

ちなみに、ヌバタマは別名ヒオウギ（の種子）のこと。アヤメ科の多年草で、葉が檜扇《ひおうぎ》状に広がることから名前がついた。種子は黒く、これから黒などに掛かる枕詞としても使われる。枕詞も回数にカウントしている。

ところで、どうして萩が一番多く詠われたのか。確定的な理由は分からない。一説には、萩が秋咲く花だからという。春に比べて秋に咲く花は種類が少ないので、必然的に秋の歌の素材になりやすいということらしい。万葉びとに直接聞いたわけではないので、じっさいのところは分からない。

そうだとしても、万葉びとが萩に魅力を感じていたのはまちがいない。萩の歌を見ていくと、鹿、とくに牡鹿《おじか》とセットで歌われることが多い。鹿は妻を求めて鳴くさを鹿で、これに萩の花が詠みこまれる。

さを鹿が鳴き出すのは暗くなってから。寂しげに妻を求めて鳴く鹿の気持ちを、秋萩が表しているのだろうか。もしそうなら、万葉びとは秋萩に哀愁を感じていたことになる。花にオシャレを感じる現代人とは、花を見る目がちがうらしい。

萩の歌の初出は巻二だが、鹿とセットの歌は巻六にはじめて出る。「田辺福麻呂《たなべのさきまろ》歌集」から採りこまれた長歌と短歌二首歌群の長歌の中に出てくる。

この長歌は少々長い。鑑賞するのに苦痛?を伴いそうなので、短歌で最初に萩と鹿を詠った歌を紹介しようと調べたら、これが何と巻八にある大伴旅人《おおとものたびと》の歌。これでは旅人関連の歌続きとなって具合が悪いので、そのすぐ後に出る湯原《ゆはら》王の歌にする。

湯原王《ゆはらのおほきみ》の鳴く鹿の歌一首

秋萩《あきはぎ》の
散《ち》りのまがひに
呼《よ》び立《た》てて
鳴《な》くなる鹿《しか》の
声《こゑ》のはるけさ　（巻八1550）

秋萩が
散り乱れるころ
妻を呼んで
鳴く鹿の
声が遠くで聞こえる

湯原王は志貴《しき》皇子の息子。光仁《こうにん》天皇とは兄弟。万葉歌人として知られる。

ここで旅人の名誉回復。今回割愛した旅人の萩と鹿の歌（巻八の一五四一と一五四二番歌）は、とても穏やかで美しい。酒を讃める歌とは別人の歌といっていい。このちがいは、萩と鹿の歌が京で詠まれたからだろうか。

桜と梅　どっちが人気者？

萩の花の項で、疑問を持った読者がいるのではないか。花の登場回数に数えまちがいがあるのではないか。

そう、

「桜が入っていないじゃないか」

確かに、昨今の花見ブームを見れば、桜が上位に入ってよさそうなものだが、桜を詠んだ歌は四十二首でベスト5入りどころの話ではない。

◆万葉びとの美意識

それにしても、桜は梅の百十九首の半分も詠われていない。どうしてこんな結果になるのだろう。万葉びとにとって、桜と梅はどんな存在だったのか。

桜はもともと日本にあった。いわゆる在来種だ。一方、梅は万葉時代に大陸から持ちこまれたという。いってみれば舶来品。当時の人々にはハイカラに映ったのかもしれない。今だって昔から日本にあったものより、外国ではやったものがもてはやされる。これが桜に対する梅の位置づけと考えて、大きく外れないのではないか。

もう一つ、梅の歌が多い理由。万葉編者とされる大伴家持《おおとものやかもち》の父親、大伴旅人《おおとものたびと》の周辺で集中的に詠まれていることも関係している。朝鮮半島に近い筑紫は、半島から多くの梅が持ちこまれたと考えられる。すでに取り上げたように、筑紫の旅人の邸宅には梅が植えられ、梅を花見に宴会が開かれた。梅を題材に多くの歌を詠んでいる。梅の優位は、そんなことも関係しているのだろう。

桜にとっては寂しい話になってしまったが、桜をバックアップする材料がある。万葉集には種類のはっきりしない花が七十首以上詠まれていて、このうちのかなりの歌が桜を詠んでいる可能性があるという。もしも七十首のうちの六十首が桜の歌だとしたら、桜も百首を超え、萩、梅に次いで三位にランクされる。

それにしても、花だけで桜を指すのなら、万葉時代でも桜が代表的な花だったことになる。

◆桜は平和と華やかさのシンボル

種類不明の花の歌で、おそらくは桜を詠ったと推測できる歌を紹介する。なぜか研究者の間では評価は高くないようだが、万葉集を代表する名歌だ。

大宰少弐小野老朝臣《だざいせうにをののおゆあそみ》の歌一首

あをによし　（枕詞）
寧楽《なら》の京《みやこ》は　奈良の京は
咲《さ》く花《はな》の　咲き乱れる花が
にほふがごとく　華やいで
今《いま》さかりなり　まさに今が盛りであることだ
（巻三328）

あおによしは奈良に掛かる枕詞、訳す必要はないので右の訳となる。通説では、当時の京の街路樹は柳だったという。ただ、歌は明確に咲く花を詠っているので、小野老は京の花咲く街路樹を詠ったのだろう。

この歌は、題詞（タイトル）にも歌にも桜が出てこない。研究者は花の種類を特定しないが、それでも、この華やかさは桜以外では感じ取れない。

万葉当時、ソメイヨシノはまだ存在しない。桜といえば山ザクラを指し、人の集まるところに植えられて鑑賞されたという。

これが梅だったら、

「今さかりなり」
の盛り上がりも寂しい気がする。

この歌が注目されるのは、歌が華やかだからというだけでない。花の盛りが社会的な背景を映していて、それが人々の心に響いたからだ。

詠われた街の表情はとてもビジュアルだ。それで、平城京の街中に立って、実景を詠んだように思うかもしれないが、おそらく実景を詠んでいない。小野老《おののおゆ》は遠くの地から理想の京を想像して作った。

この歌は心がウキウキするような華やいだ街の様子を描いているが、当時の平城京はこれほど美しく華やいではいなかった。歌とはまったく逆の、暗い時代だった。もちろん、こうした見方に異論はあるだろうが、小野老は筑紫から京を懐かしみながら作ったとしたほうが味わいがある。

小野老はどんな存在だったか。小野老は万葉集に三首の歌を残していて、そのうちの二首は筑紫で詠んだことが確定している。

小野老はすでに出た天平《てんぴょう》二年（七三〇）の正月に開かれた大宰帥《だざいのそち》の大伴旅人邸の宴会に参加している。この時の小野老の肩書きは「大宰少弐小野大夫《だざいしょうにおののたいふ》」。『続日本紀』によると、天平九年（七三七）に大宰大弐《だざいだいに》従四位下で亡くなっているので、「あをによし寧楽の京」の歌は、天平二年以降と考えられる。それなら、題詞で大宰少弐と表記される小野老の「あをによし」歌も筑紫で詠ったとするのが自然だろう。実景を詠ったとする立場だと、小野老が一時的に京へ呼び戻されたということになるが、こちらの理解のほうがよほど苦しい。

当時の社会状況からしても、これほど晴れやかな歌が京にいて作れたとは考えにくい。神亀《じんき》年間（七二四―七二八）から天平《てんぴょう》年間（七二八―七四八）にかけての京の世情は惨憺《さんたん》たる状況だった。政情不安のまっただ中、花を楽しんでいる場合ではなかった。

天平年間に入る直前の神亀四年（七二七）には藤原氏系の聖武《しょうむ》天皇夫人、光明子《こうみょうし》が皇太子を生み、翌年に皇太子が亡くなる。これに危機感を深めた藤原氏は、自分の権力を維持するため反藤原の急先鋒であった長屋王の殺害を謀る。これが天平一年（七二九）に藤原氏の陰謀によって長屋王が自害に追い込まれる「長屋王《ながやおう》の変《へん》」。この陰謀を実現するために藤原氏は旅人を筑紫へ左遷したと考えられている（「酒の章・やけ酒」P55参照）。

さらに京は人心が荒廃して盗賊が横行、人心どころか天変地異まで頻発する。文字どおりの天災で、雷、大雨、大風、地震が相次ぎ、家は崩壊し、多くの死者が出た。京《みやこ》びとの目には、この世の終わりと映ったかもしれない。

平城京のあまりの惨状に耐えかねてか、聖武天皇は遷都を計画しなければならなかった。

奈良の京は、

「にほふがごとく今さかり」

どころか、大変な状況下にあったわけだ。惨状を目の当たりにして前向きな歌を作るどころでなかった。

小野老は遠く離れた筑紫から、あってほしくない平城京の世情を案じたにちがいない。まさに壊滅状態にある京を、歌の言霊《ことだま》によって明るく復興させようとした。こう理解することで、この歌の心が生きてくるのではないだろうか。

◆梅と桜が仲よく並ぶ

話が花からそれてしまった。桜と梅に戻る。

万葉集には、桜と梅が一緒に出てくる歌が二首ある。その二首を紹介して花は幕にしよう。

梅《うめ》の花《はな》
咲《さ》きて散《ち》りなば
桜花《さくらばな》
継《つ》ぎて咲《さ》くべく

梅の花が
咲いて散っていくと思ったら
桜の花が
それを引き継ぐように咲くばかりに

なりにてあらずや　（巻五829）

なっているではないか

うぐいすの
木伝《こづた》ふ梅《うめ》の
うつろへば
桜《さくら》の花《はな》の
時片設《ときかたま》けぬ　（巻十1854）

うぐいすが
木から木へと渡っていく梅の
盛りが過ぎれば
一方で桜の花の咲く
ときが近づいている

はじめの歌は、これまた梅花の歌三十二首に含まれる。作者は薬師《くすし》の張氏福子《ちょうしのふくし》、肩書きから薬剤師と思われる。それにしても、大伴旅人は梅の歌の首数稼ぎに多大な貢献をしているようだ。旅人宅の宴会が梅の花をにぎわしている。

後の歌は、巻十の春の雑歌の部立ての「花を詠む」のタイトルのつく二十首歌群の冒頭歌。作者は分からない。

7 獣

万葉集には多くの動物が出てくる。空を自由に飛びまわる鳥だったり、作業用の牛や馬だったり、食用の鹿《しか》や猪《いのしし》だったり、恐ろしい虎も顔を出す。

基本的になじみのあるものだが、中にはむささびのように珍しい獣も出てくる。万葉時代も、名前は知られていても見掛けることはあまりなかったらしい。それで歌の素材としては魅力的だった。

むささびは三首に詠《よ》まれている。そのうち二首は作者が分かる。志貴《しき》皇子と大伴坂上郎女《おおとものさかのうえのいらつめ》で、いずれも代表的な万葉歌人。

ちなみに、もう一首は巻七の譬喩歌《ひゆか》の部立てに載る。この部立ては詠目ごとにタイトルを立てて歌を並べる。むささびの歌は「獣」のタイトルのただ一首、ほかの動物は出てこない。万葉びとが特別の関心を向けていたわけで、これを見てもむささびがどれほど珍重されていたかが分かる。
じっさい歌の中のむささびはどれも印象的に描かれていて、内容的に興味深い仕上がりになっている。ここでは、作者が分かっている志貴皇子と坂上郎女の二首を取り上げる。

処世術　むささびから学ぶ

志貴《しき》皇子の歌から入る。むささびがとてもシンボリックに描かれる。そこに寓意《ぐうい》を見て、風刺歌とされる。何を風刺しているのか、歌を確認する。

志貴皇子の御歌一首

むささびは
木末《こぬれ》求むと
あしひきの
山《やま》の猟夫《さつを》に
あひにけるかも　（巻三267）

むささびは
飛ぶのに具合のいい梢《こずえ》を探して
（枕詞）
山の猟師に
見つかってしまった

むささびが探していた梢が住処《すみか》なのか、飛び出す場所だったのかは分からない。ただ、むささびは高い場所から滑空して移動するので、飛び出す場所を探していたと思われる。ほしいもの（ポスト）を手に入れるのに夢中になり過ぎて、そのうち猟師（ライバル）に見つかってしまった。矢にあたったか、生け捕りにされたのだろう。

この解釈でとくに問題ないが、ここから寓意説が生まれる。

「人間、自分の都合ばかり追っていると碌《ろく》なことにならないよ」

ほしいポジションを手にしたいばかりに夢中になり過ぎると周囲が見えなくなる。危険の存在に気がつかなくなるよ、というわけだ。

志貴皇子は天智《てんじ》天皇の子ども。本人は天皇になっていないが、息子の白壁王《しらかべ》が即位（光仁《こうにん》天皇）したので、春日宮《かすがのみや》天皇を追号された。これだけ取ると順風満帆のイメージだが、それとは反対、苦節の人生を送ったと想像される。

志貴は天智天皇の晩年に第七子として生まれ、天智と敵対した天武《てんむ》系が絶頂の時代を生きている。優秀だったとしても、その政治能力を発揮する機会があったとは思えない。それ以上に権力者に睨《にら》まれないように、慎重にも慎重を期していたはずだ。

権力者に睨まれない、志貴の処世術は確かだった。

天武八年（六七九）五月五日、天武と持統《じとう》天皇は、草壁《くさかべ》、大津《おおつ》、高市《たけち》の天武の皇子三人と、河島《かわしま》、忍壁《おさかべ》、志貴皇子の天智の皇子三人を伴って吉野へ行幸する。

天武は六人の皇子に、

「ちがう母から生まれていても、同じ母から生まれたごとく互いに助け合うように」

との誓いをさせる。これを「吉野の盟約」というが、持統の狙いは自分の息子の草壁が天武の後継者であることの確認を迫ることだったはずだ。

それはともかく、この盟約に天武の皇子十人で加わったものは三人だけ、残りの七人は参加していない。その中、天智の皇子の志貴が加わっている。天武朝でも、それほど軽く見られていなかったことが分かる。

◆むささびにこめられた寓意

周囲に有力だと見られると身の危険が大きくなるわけで、だからこそよけいに慎重にならざるをえなかった。そんな志貴が自分なりの処世を詠ったのがむささびの歌だった。

それならむささびは何の寓意だったのか。一般的には壬申《じんしん》の乱《らん》で、天武天皇に敗れて亡くなった大友《おおとも》皇子のことだとされる。理由は、大友皇子が志貴の兄だからだ。大友は皇太子だった大海人《おおあま》皇子（天武）を除いて皇位に就こうとして失敗、身を滅ぼした。

これを目の当たりにして、

「身のほど知らずにポストを目ざすことは危険だ」

と学習したのではないか。

むささびと大友皇子を結びつける根拠はこれ以外にもある。むささびの歌の前後の歌の配置だ。

むささびの歌（二六七番歌）の、前後の歌の配置が意味深長。直前の二六四、二六六番歌と二六八番歌だ。

二六四番歌は柿本人麻呂《かきのもとのひとまろ》が近江から上京するときに宇治《うじ》川で詠《うた》ったもので、天智天皇の時代の面影もなく寂れた風景を嘆く。二六五番歌は長奥麻呂《ながのおきまろ》が佐野の渡り（泉佐野市）のうらぶれた風景を詠うが、二六六番歌はふたたび柿本人麻呂が近江の海の今はなき盛時をしんで詠う。二六五番歌は場所がちがうが、二六四と二六六番歌は敗れた大友皇子の宮殿のあった近江の寂れゆく風景を詠っている。この歌の配列がむささびの歌を近江と関連づけようとしているのではないか。

近江京は本来なら栄えているはずなのに寂れてしまった。近江京が寂れてしまったのは、大友皇子が壬申の乱に敗れたからだ。そういう意味で、この歌は大友が身のほども弁《わきま》えずに皇位を目指して大海人と対立したことを悔やんだと考えられる。大友皇子の弟である志貴皇子は、父親が建設した近江京の荒廃を悔やんでいるのだ。

むささびの直後の歌も思わせぶりだ。二六八番歌は、長屋王が藤原遷都後に飛鳥を訪ねて、妻を待ちかねて悲しげに鳴く千鳥を詠う。

長屋王はいうまでもなく、藤原一族と対立して死に追いやられている。長屋王《ながやおう》の変《へん》だ（「おわりに」P211万葉事件参照）。志貴皇子が亡くなったのは霊亀《れいき》二年（七一六）、長屋王の変は天平一年（七二九）なので、志貴皇子が長屋王の悲劇を知るわけはないが、編集上の意図としては、志貴のむささびの歌を、長屋王の悲劇に関連づけていると考えて無理はなさそうだ。

むささびは大友皇子の寓意でいいが、志貴皇子は作歌にあたってもう一人、別の人物もイメージしたかもしれない。

大津皇子《おおつ》だ。

大津は草壁皇子を異母兄に持ち、天武朝の皇位継承順位は草壁に次ぐナンバー2とされる。しかし、文武《ぶんぶ》に秀でて、病弱な草壁を差し置いて皇位に就くのではないかと見られていた。それで草壁の母親である持統《じとう》天皇に排除された。志貴はこの事件も目の当たりにしている（「死の章・悲劇のヒーロー」P184参照）。

「何事も控えめに」

志貴皇子の処世術がむささびの歌を詠わせた！

社交術　むささびでご機嫌うかがい

二つ目のむささびの歌だ。これは万葉時代の才媛《さいえん》として名高い大伴坂上郎女《おおとものさかのうえのいらつめ》が、じっさいにむささびを見て作った。

十一年己卯、天皇が高円野《たかまとの》に遊猟《みかり》する時、小さき獣、都里《とり》の中に泄《も》れ走る。是こに適《たま》たま勇士《ゆうし》に値《あ》ひて、生きながら獲《と》らふ。即ち此の獣を御在所に献上するに副《そ》へたる歌一首

獣の名、俗に牟射佐妣《むささび》と曰ふ

ますらをの
高円山《たかまとやま》に
迫《せ》めたれば
里《さと》に下《お》りける
むささびそこれ（巻六1028）

ますらおが
高円山に
追いつめたので
里中まで下りてきた
むささびというのが、これです

右の一首は、大伴坂上郎女《おおとものさかのうへのいらつめ》が作る。但し、未だ奏《そう》を経《へ》ずして小さき獣、死に斃《たふ》る。これに因りて歌を献《たてまつ》ることは停《や》む。

文法的に細かい問題が指摘されているようだが、歌の意味としてはこれでいい。歌はいいのだが、それ以上にむささびをめぐる顛末《てんまつ》がおかしいというか興味深い。題詞と左注から、むささびで天皇に取り入ろうとした作者の作歌への意気込み（題詞）と、それがかなわない落胆（左注）が伝わってくる。このギャップが面白い。

◆珍重されたむささび

題詞から見る。

ここにある十一年は天平十一年のこと、西暦の七三九年ということになる。この年、天皇が高円野《たかまとの》に猟《かり》をするために出掛けた。そこで小さい獣が不本意にも街中に入りこんだ。たまたましっかり者が居合わせて、生け捕りにした。これを知った作者が獣を宮殿に献上する際に、添えるために作った歌一首。獣の名は俗にむささびという。

これから分かることは、作歌の動機が珍しい動物にかこつけて歌を献上するためだった。

「これで取り入ることができる！」

そつがないというか、少々セコい気もする。

ただ、当時の人にとっては天皇に歌をとどけるだけでもとんでもないことだった。というより、作者は機会があれば天皇に歌を贈ることができる立場にあった、というだけでもスゴイ！

そして左注。ここで作者の紹介がある。

「大伴坂上郎女《おおとものさかのうえのいらつめ》が作った」

さすが名門大伴氏の坂上郎女。と感心するが、一転ズッコケだ。

「むささびは奏上する前に死んでしまった。それで歌を献上するのは諦めた」


興味深いエピソードが残ったものだが、気になるのが作者。大伴坂上郎女は大伴安麻呂《おおとものやすまろ》の娘。安麻呂は旅人の父親でもあり、坂上郎女は旅人と異母兄妹ということになる。万葉集に長歌六首、短歌七十八首、旋頭歌一首の、合わせて八十五首もの歌を残す。女性歌人としてはけたちがいの歌数だ。

才女であると同時に、ひじょうに魅力的な女性だった。いわゆる才色兼備、歌も華やいでいるが、それ以上に異性関係が華麗だった。

最初に天武《てんむ》天皇の子どもの穂積《ほづみ》皇子の妻となり、皇子が亡くなると藤原不比等《ふじわらのふひと》の息子の藤原麻呂《ふじわらのまろ》と恋愛関係になる。穂積とは死に別れ、麻呂とは離別だった。さらに麻呂と別れてからは異母兄の大伴宿奈麻呂《おおとものすくなまろ》の妻になって、大伴家持の妻となる大伴坂上大嬢《おおとものさかのうえのおおおとめ》を生む。

この後、筑紫で妻を亡くした大伴旅人の世話をするために筑紫へいき、旅人とともに帰京している。

大伴氏は神代からの名門だが、藤原氏が台頭すると陰りが見えてくる。それでも、旅人の代まではなんとか朝廷の要職を占めていた。ひょっとすると、旅人の代の大伴家を支えたのは坂上郎女だったのかもしれない。

郎女の社交術、人的ネットワークが対立相手さえも味方にしてしまった！

8 頓

いうまでもなく、万葉集の歌表記はすべて漢字。その漢字によって四千五百余首もの歌を記述する。漢字だけしか出てこないけれど漢文ではない。万葉仮名だ。

もともと日本語の音を引き出すために漢字を借りている。それで万葉仮名表記に文法というかルールが存在しない。人によって記述ルールがちがうため、どう訓《よ》むか苦労する。現在は万葉集に載る四千五百首のほとんどが訓み下されているが、まだ解明されていない歌もポツポツある。現在定説となっている訓みでも、本来の訓みとは似ても似つかないものがあるかもしれない。万葉秀歌などといわれる中にも、その訓み下しにとんでもない誤りがある可能性だってある。

文学は数学とちがって正解にたどり着きにくい。だから面白い！

山の上に山　万葉時代に一休さん!?

万葉仮名の表記にルールがないのは読むほうには具合が悪いが、記述するほうからするとけっこう楽しいのかも。日本語の音を引き出す漢字の使い方が、じつに個性に富む。万葉歌人は歌を作る一方で、仮名表記に凝りに凝る。仮名表記のセンスを競っているかのようだ。一休さんばりの頓知《とんち》くらべ!?

◆漢字遊び

では、どんな表記があるか。とてもではないが、常人では思いつかないウルトラ難訓表記がある。

それがこれだ。

「山上復有山」

これを単純に訓み下せば、

「山《やま》の上《うえ》に復《ま》た山《やま》有《あ》り」

もちろん、そんな安直な訓みではない。それなら、どう訓めばいいか。考えても答えは出てこない。とりあえず、歌で確認しよう。

この歌は笠金村《かさのかなむら》が詠んだ歌とあり、長歌と短歌の二首構成で、問題の表記は長歌に出る。
少々長いが全文を載せる。

…二首略…

天平元年己巳《きし》の冬十二月の歌一首并《あは》せて短歌

うつせみの 世《よ》の人《ひと》なれば
大君《おほきみ》の 命恐《みことかしこ》み
磯城島《しきしま》の 大和《やまと》の国《くに》の
石上《いそのかみ》 布留《ふる》の里《さと》に
紐解《ひもと》かず 丸寝《まろね》をすれば
わが著《き》たる 衣《ころも》は穢《な》れぬ
見《み》るごとに 恋《こひ》はまされど
色《いろ》に出《い》でば 人知《ひとし》りぬべみ
冬《ふゆ》の夜《よ》の あかしも得《え》ぬを
寐《い》も寝《ね》ずに われはそ恋《こ》ふる
妹《いも》が直香《ただか》に　（巻九 1787）

この世の人間なので
大君の命令を畏《おそ》れ多く思い
磯城島《しきしま》（大和の枕詞）の大和の国にある
石上の布留の里に出掛けていって
そこで紐も解かずにごろ寝をすると
着ている衣はよれよれになってしまった
何を見ても、いよいよしのばれるが
それを顔に出しては人に知られてしまう
冬の夜のように明けることなく
一睡もせずに恋しているのだ
愛しいその人に

…二首略…
右件の五首（のうちの一首）は笠《かさ》朝臣《のあそみ》金村《かなむら》の歌の中に出づ。

小難しい話をすると、最後の左注の原文は「右件五首笠朝臣金村之歌中出」とあり、これが変則記述になっている。ここの「笠朝臣金村之歌」は本来「笠朝臣金村之歌集」となっていたのに集が抜け落ちたとされる。笠朝臣金村の歌集から採ってきたとの理解だ。これが通説になっているようだが、本当だろうか。

「笠朝臣金村之歌中出」

この記述は、巻六の九五三番歌の左注にもあって、二カ所でたまたま歌集の「集」が抜け落ちたとは考えにくい。「歌集中出」とあれば歌集の中にあっただけで笠金村作とはかぎらないが、「歌中出」なら金村が作ったと確定できる。ここでは笠金村作としておく。

寄り道をしてしまった。謎解きを急ごう。といいながら、もう一つ面倒なことがある。この訓み下しでは、「山上復有山」が出てこない。

見たくもないかもしれないが、わけの分からない原文万葉仮名を確認する。

虚蝉乃　世人有者

大王之　御命恐弥
礒城島能　日本国乃
石上　振里尓
紐不解　丸寝乎為者
吾衣有　服者奈礼奴
毎見　恋者雖益
色二**山上復有山**者　一可知美
冬夜之　明毛不得呼
五十母不宿二　吾歯曽恋流
妹之直香仁

問題の個所は八行目、傍点のつく「色二山上復有山者」。

この訓みを見ると、

「色《いろ》に出《い》でば」

となっている。何か違和感がある。というのは、漢字を訓読すれば、音数が同じか、訓読の方が長くなる。それなのに、ここは漢字八字に対して訓は五字だけ、音にしたところで六字にしかならない。

両者が対応するのは、原文のはじめの二字と終わりの一字だけ。「色二」が「色に」、「者」が「ば」となる。

訓の「出で」に該当するのが、ここで問題にする「山上復有山」ということになる。それなら「山上復有山」は「出」とイコールにならなければならない。出は山が重なっていて、まさに「山の上に山」というわけ。

最初にこの訓みを採ったのは、江戸時代の万葉学者の契沖《けいちゅう》という。書いたほうも書いたほうだが、これを訓み解いたのは「さすがの上にさすが」なり。一休さんばりのトンチの持ち主だ。

もっとも、この表記は笠金村のオリジナルではない。中国ですでに使われていたのをマネしたという。したがって契沖もタネを知っていたことになるが、そうだとしても古い文献にあるのを見つけ出す。これだけでも「さすがの上にさすが」なり。

この歌にかぎらず、万葉集には同じような戯《ざ》れ書《が》き表記がけっこうある。この後、数字にからんだ面白い表記を紹介する。

9 知

万葉集は文学作品だが、歌だけでなく表記にも凝りに凝る。単に音を引き出すだけなのに、巧みな漢字表記を競っている。前項見たとおりだが、とりわけ数字による表記は知的遊戯を楽しんでいるかのようだ。

数字といっても漢数字をそのまま訓《よ》ませるのではなく、数字と訓みの間に計算を組みこむという高度?なものだ。計算には足し算や九九《くく》を使った掛け算がある。

その一方、

「訓めますか?」

と読者の知的センスを試す?ような表記もある。歌で、表記で、とにかく知的に楽しませてくれる。

九九　数字遊び

まずは九九から見ていく。そう、小学校で習うアレだ。九九を活用して音を引き出すのだが、九九の使い方に二種類ある。

一つは九九の答えを書いて、それを掛け算の式にして音を引き出すというもの。もう一つは逆に式を書いて、答えを音で訓ませる。たまたま九九表記になったのか、才知をひけらかしたかったのか。

ここも原文万葉仮名で確認する必要があるので、鬱陶《うつとう》しいかもしれないが、万葉仮名をつけている。

若草乃
新手枕乎
巻始而
夜哉将間
二**八十一**不在国

若草《わかくさ》の　　　　若草のような

新手枕《にひたまくら》を　　乙女をはじめて手枕に
まきそめて　　巻いたのだから
夜《よ》をや隔《へだ》てむ　　一夜でも離れていられようか
にくくあらなくに（巻十一 2542）　　可愛くてどうしようもないのに

この歌は、巻十一の正述心緒《せいじゅつしんしょ》の部立てに題詞も左注もない状態で出る。心に思ったことをそのままに詠《うた》うもので、作者はだれか分からない。

問題の表記は、九九の答え「八十一」と書いて、数式「九×九」から「くく」の音を引き出している。

表記的にはシンプルな方に入る。

◆算数でシャレのめす

次は数式を書いて、答えの音を引き出すパターン。集中的に算術を活用する長歌を紹介する。長くて億劫《おっくう》かもしれないが、巧みな戯《ざ》れ書《が》き表記になっているのであえて載せた。この歌も笠金村が作っており、金村はこうした文字遊びが得意だったのだろう。万葉びとの言葉のセンスに感心させられる。

養老《ようろう》七年癸亥夏五月、吉野《よしの》離宮《りきゅう》に幸《いでま》す時に、笠朝臣《かさのあそみ》金村《かなむら》の作る歌一首并《あは》せて短歌（短歌略）

滝上之 御舟乃山尓
水枝指 四時尓生有
刀我乃樹能 弥継嗣尓
万代
如是二二知三三芳野之
蜻蛉乃宮者
神柄香 貴将有
国柄鹿 見欲将有
山川乎 清々
諸之神代従
　定家良思母

滝《たき》の上《うへ》の 三船《みふね》の山《やま》に
瑞枝《みづえ》さし しじに生《お》ひたる
栂《とが》の樹《き》の いやつぎつぎに

吉野の滝の上にある三船山に
瑞々しい枝を広げて繁茂する
栂《とが》の樹がその名のように次から次へと

万代《よろづよ》に
斯《か》くし知《し》らさむ み芳野《よしの》の
蜻蛉《あきづ》の宮《みや》は
神《かむ》からか 貴《たふと》くあるらむ
国《くに》からか 見《み》が欲《ほ》しからむ
山川《やまかは》を 清《きよ》み清《さや》けみ
うべし神代《かみよ》ゆ 定《さだ》めけらしも
（巻六 907）

万代まで
大君がかように統治する吉野の
秋津の宮殿は
神の影響かとても貴い
国の魅力なのかもっと見たいと思う
山川は清くさわやかで
だから神代からここを宮と定められたのか

栂《とが》は松科の常緑樹。「つが」ともいい、ここでは「つが」の音の連想から「いやつぎつぎに」の言葉を引き出している。

この歌の数字遊びは原文万葉仮名五行目「如是二二知三三芳野」に組みこまれる。

これが次のフレーズだ。

「斯《か》くし知《し》らさむ み芳野《よしの》の」

「二二」で四「し」を、「三三」の最初の三で「さ」、二つの「三三」で六「む」、二つ目の三で「み」の音を引っ張り出す。

これを数式で表すと――

「斯くし（二＋二＝四）知らさ（三）む（三＋三＝六）み（三）吉野の」

ここでは「し」を足し算の「二＋二」に取ったが、作者は掛け算「二×二」を考えていたのかもしれない。同様に「む」も「二×三」の掛け算を考えたか。

前の「八十一」よりは複雑で、掛け算、足し算、二重使用と数字をうまく使っている。

さらに想像するに、筆者は数字遊びなどではなく、真剣に表記したのかもしれない。この歌の題詞から養老七年（七二三）の吉野離宮の行幸のときに詠われたことが分かる。天皇の行幸に従駕《じゆうが》して、遊び半分で歌を作るとは考えにくい。あるいは、そんな緊張感すらなく、軽々と作ったのだろうか。

この時の元正《げんしよう》天皇は女性で、翌年に弟の聖武《しようむ》に皇位を譲っている。元正は当時、藤原氏と対立していて、軽く見られていたのかもしれない。元正を支える長屋王はまだ健在だったが、朝廷全体に緩みがあったのだろうか。

ところで、笠金村《かさのかなむら》はよく知られた万葉歌人の一人。天皇の行幸に従って歌を詠んだり、志《し》貴皇子《きのみこ》が亡くなったときには挽歌《ばんか》を作っていて、柿本人麻呂《かきのもとのひとまろ》と同様の宮廷歌人と考えられる。ただ、人麻呂と同様に、その経歴、官職などはまったく分からない。金村の歌は、長歌十一首、短歌二十三首が万葉集に収録されている。

みそひと文字　これで訓めるの？

万葉仮名のおかげで、千年以上も昔の歌を現代人が鑑賞できる。大げさにいえば、日本の文化を語る上でなくてはならないもの。なんて、そんなに大上段に構えなくても、今の時代だって喫茶店の名前やトラックのボディーなどに万葉仮名を見掛けたりする。ひところは万葉仮名表記がオシャレだとして流行ったものだ。

ただし、万葉仮名は書くより訓むほうが難しい。図書館へ行けば、すべての歌が万葉仮名で表記された万葉集を見ることができるが、それを正しく訓み下すことは困難だ。その証拠に、万葉仮名表記の本には、漢字のすべてに振り仮名、あるいは訓み下しがついている。出版社だって読者にそんな無謀はさせない。万葉仮名だけの本なんて売れっこない。

しかし、前章で見たように、万葉仮名がどう表記されているかを見るのは、けっこう興味深い。作者によって、歌によって、じつにユニークな表記がされている。

長歌は音数が決まっていないので、短歌で見てみよう。

短歌は基本形が、五・七・五・七・七の三十一音となっている。

その短歌の三十一音がいくつの漢字で表記されているか。これを見るだけでも、万葉集が知的遊戯にあふれた詩集であるかが分かる。

では、一首に使われる漢字は何文字か？　想像がつくだろうか。

「三十一字」

と答えれば、とりあえずは正解だ。漢字一字で一音を引き出す。これが平均的な現代人の万葉仮名理解だろう。喫茶店の万葉仮名などはこのパターンが多いようだ。もちろん、もっと少ない字数をイメージするかもしれない。漢字は一字で複数の音を持つのが普通だからだ。

それなら、少ない歌はいくつの漢字で書かれているか。

◆三十一音を十字で表記

とりあえず、漢字十字というのがある。短歌は五句で構成されるので、この五句がすべて漢字二字で記述されている。五音、七音がすべて漢字二字で引き出される。

ホンキで、

「訓めるなら訓んでみろ」

と挑発しているのでは、とさえ思えてくる。もっと分かりやすい表記があるのに、ほとんど読者にケンカを売っている!?

春楊

葛山
発雲
立座
妹念

春柳《はるやなぎ》
葛城山《かづらきやま》に
たつ雲《くも》の
立《た》ちてもゐても
妹《いも》をしそ思《おも》ふ　（巻十一　2453）

（春柳）
葛城山を慕って
離れず立つ雲のように
立っても座っても
愛しい妹がしきりに思われることだ

どうだろうか。漢字十字で三十一音を引き出している。

すでに答えが出ているので、

「そうなんだ」

と納得できるが、はじめて万葉仮名だけ見たのでは十字をぜったいに訓み下せない。自慢ではないが、自信を持って断言できる。それなら、どうしてこう訓めるのか。

この歌が置かれる巻十一は全体のタイトルを「古今相聞往来歌類《ここんそうもんおうらいかるい》の上《じょう》」とする。これがさらに旋頭歌《せどうか》、正述心緒歌《せいじゅつしんしょか》、寄物陳思歌《きぶつちんしか》、問答歌《もんどうか》、譬喩歌《ひゆか》に分かれる。二四五三番歌は、正述心緒歌に含まれる。

この巻の多くが「柿本人麻呂《かきのもとのひとまろ》歌集」から採られていて、この歌もそこに含まれる。さらに、この「人麻呂歌集」の歌は大半が民謡とされる。民謡なのでフレーズがパターン化していて、一つ訓みが決まれば以降はそれに倣えばいいということらしい。

それでは、この訓みがどれほどもっともらしいか、確認してみよう。

万葉仮名から分かるように、最初の二字「春楊」は漢字の日本語訓みそのままなので問題ない。二句目の「葛山」も「かづらきやま」と日本語そのままで、ここに助詞がつくだけのこと。助詞が「に」となるのは、次の「発雲」を「たつくも」と訓めば必然だ。そして「発雲」に助詞「の」がつくのも、それほど無理があるとは思えない。

問題は四句目の「立座」だ。これを「たちてもゐても」と訓むのがよく分からない。これだけが単独で出てきたのではぜったい訓めない。ただ万葉のほかの歌（たとえば巻十の二二九四番歌）四句目に「立而毛居而毛」というのがあり、これを「たちてもゐても」と訓ませることから類推して導き出したという。

五句目の「妹念」を「いもをしそおもふ」と訓むのも同様で、四句目の「立而毛居而毛」に続く五句目に「君乎思曽念」とあり、これを「きみをしそおもふ」と訓ませている。この類推から訓みが確定している。

念のために四、五句目の訓みの先例、二二九四番歌の原文万葉仮名と訓み下しを確認する。

秋去者
雁飛越
竜田山
立而毛居而毛
君乎思曽念

秋《あき》されば
雁飛《かりと》び越《こ》ゆる
竜田山《たつたやま》
立《た》ちても居《ゐ》ても
君《きみ》をしそ思《おも》ふ　（巻十 2294）

秋がくると
雁が飛んで越えてくる
竜田山
立っても座っていても
あなたを思っています

それにしても、最初に訓みを確定した人はどういう思考回路をしていたのか、感心してしまう。もっとも、この訓みが一〇〇パーセント正しいかどうかは、これまた話は別！

ついでに、一字一音、つまり三十一字で表記される歌も紹介する。どの歌でもいいので、歌番号が切れのいい四五〇〇番歌を取り上げる。ただし、この歌は字余りで三十二音あり、漢字も三十二字使われている。

二月、式部大輔《しきぶのだいふ》中臣清麻呂《なかとみのきよまろ》朝臣《あそみ》の宅で宴《うたげ》する歌十五首（のうちの一首）
宇梅能波奈香乎加具波之美等保家杼母己許呂母之努尓伎美乎之曽於毛布
ウメノハナカヲカグハシミトホケドモココロモシノニキミヲシソオモフ

梅《うめ》の花《はな》　　梅の花の
香《か》をかぐはしみ　　香りを楽しんでいて
遠《とほ》けども　　遠く離れているけれど
心《こころ》もしのに　　しきりに
君《きみ》をしそおもふ（巻二十4500）　　あなたのことが思われる

右一首、治部大輔《ぢぶのだいふ》市原王《いちはらのおほきみ》。

この歌の作者、市原王《いちはら》が属した治部《じぶ》省は、外交・儀礼・行政・訴訟などを担当する役所。

王はその次官。王自身は写経など文書に通じていて、そうした関係から万葉集の編集にも関係したと考えられている。じっさい万葉編者とされる大伴家持とも親交があった。

万葉集に家持といっしょに作った歌が残る。

「活道《いくじ》の岡《おか》に登りて飲する歌二首」（巻六の一〇四二と一〇四三番歌）

この歌は、聖武天皇の皇子安積《あさか》が藤原仲麻呂《ふじわらのなかまろ》に殺害される?事件を予感したものと考えられる。とすると、二人の交友は歌だけでなく、政治的なものだったのかもしれない（「闘の章・忠義立て」P149参照）。

ここではたまたま市原王の歌を取り上げたが、一字一音表記は大伴家持が得意とした。家持は歌がまちがって発音されないように一字一音を採り入れたらしい。

そのきっかけは東歌《あずまうた》の記述にあったのかもしれない。巻十四の東歌は一字一音で表記される。東国方言で歌われているので東国訛《なまり》が強く、漢字の意味による訓みを使うと正しい音を引き出せないのだ。

東歌には防人《さきもり》歌もあり、これは家持が防人の担当をしていたときに採録されたとされる。一字一音で表記される巻十四はすべて家持が記述したのかもしれない。ちなみに、防人は九州北部の沿岸警備のために、関東地方から農民を赴任させた。

当然のことながら、大半の歌は十字から三十一字の間の漢字を用いて記述される。

10 恋

万葉集には魅力的な人たちがたくさん登場する。ひたむきな愛に生きた人、四季の自然を愛《め》でた人、お酒をこよなく愛した人——挙げれば切りがない。

恋愛ゲーム　万葉一の美男美女

恋愛の形だっていろいろ。命をかけたものから、ゲーム感覚のものまで、多くのバリエーションがある。そうした恋愛に明け暮れた万葉歌人、その中で一番の恋愛上手はだれ？

◆希代の美男美女は大伴田主と石川女郎

恋愛上手、それはとりもなおさず、いい男、いい女。万葉の美男美女に次の二人を挙げて

異論はないだろう。
男は大伴田主《おおとものたぬし》。
女なら石川女郎《いしかわのいらつめ》。
この万葉切っての美男美女がやりとりした歌が残っている。まずは、その歌から見る。

石川女郎《いしかはのいらつめ》の大伴宿祢田主《おほとものすくねたぬし》に贈る歌一首　即ち佐保大納言大伴卿の第二子、母は巨勢《こせの》朝臣《あそみ》と曰ふ

遊士《みやびを》と
吾《わ》れは聞《き》けるを
屋戸《やど》かさず
吾《わ》れを還《かへ》せり
おその風流士《みやびを》　（巻二126）

風流の分かるみやびおと
わたしは聞いていたのですが
部屋にも上げずに
わたしと気づかずに帰したとは
おやおや、とんだみやびおですこと

大伴田主、字を仲郎《なかつこ》と曰ふ。容姿佳艶《かえん》、風流秀絶《しうぜつ》たり。見る人聞く者嘆息せざることなし。時に石川女郎あり。自ら双栖《さうせい》の感を成し、恒に独守の難きを悲しむ。意に書を寄せむと欲して、いまだ良信《りやうしん》に逢はず。ここに方便を作して、賤しき嫗《おみな》に似せて、おのれ堝子《くわし》を提げて、寝側に到り、哽音《かうおん》、蹢足《てきそく》して戸を叩きて諮《はか》りて曰く、「東

隣の貧しき女、火を取らむと来る」。ここに仲郎、暗き裏に冒《おほ》ひ隠《かく》せる形を知らず、慮《おも》ひの外に拘接《こうせつ》の計に堪へず。念《おも》ひを任《まか》せて火を取り、跡に就き帰り去らしむ。明けて後、女郎、既に自らの媒《なかだち》の愧《は》づべきを恥ぢ、また心契《しんけい》の果《な》らざることを恨む。因《よ》りてこの歌を作りて、謔戯《たはむれ》を贈る。

大伴宿祢田主の報へ贈る歌一首

遊士《みやびを》に　　いやいや、みやびおです
吾《わ》れはありけり　　わたしは
屋戸《やど》かさず　　魅力的だから部屋に上げずに
還《かへ》しし吾《わ》れそ　　帰したわたしこそ
風流士《みやびを》にはある　（巻二127）　　真のみやびおです

同じ石川女郎、また大伴田主中郎に贈る歌一首

吾《わ》が聞《き》きし　　わたしが聞いている
耳《みみ》によく似《に》る　　噂通りに

葦《あし》の若末《うれ》の　なよなよした葦の先っちょのように
足痛《あしいた》む吾《わ》が背《せ》　足の病を患っているというあなた
つとめたぶべし（巻二128）　せいぜい食べて養生してください

右は、中郎の足の疾によりて、この歌を贈りて問訊するなり。

題詞に出る佐保大納言大伴卿は、大伴旅人の父親である大伴安麻呂のこと。田主は旅人の弟ということになる。

歌はそれほど複雑ではない。でき過ぎといっていい贈答歌に仕上がっているが、それ以上に興味深いのが一二六番歌につく左注だ。こちらの方から見る。

大伴《おおともの》田主《たぬし》、字《あざな》を仲郎《なかつこ》という。容姿端麗、機知に富んで風流を解すること並ぶものがない。その彼を見る、いや名前を聞いただけで、世の女性たちはため息をつかずにはいられない。その田主に、石川女郎《いしかわのいらつめ》が想いを寄せるが、いい反応がない。そこで、一計を案じた。賤《いや》しい媼《おみな》に変装して田主の家（別宅）にいき、火種を入れる鍋を提げて一芝居打った。

「東隣に住む貧しい女です。火を分けてもらいに来ました」

しかし、田主は女の計略に気づかず、いわれるままに火を分けただけで、帰してしまった。

女郎《いらつめ》は自分の行動を恥じるとともに、思いが遂げられないことを恨んで、戯《たわむ》れに歌を贈った。

とんだエピソードが残ったものだが、本題の歌はどうか。

まずは女の歌。

「風流の分かるみやびおと、わたしは聞いていたのですが、とんだみやびおですこと。みすぼらしい老女に扮《ふん》したわたしに気づかず、部屋にも上げずに帰すのですから」

と、男の野暮天《やぼてん》ぶりを皮肉る。いや、皮肉というより負け惜しみといった方があたっている！

一方、男は余裕だ。

「いやいや、わたしはみやびおです。淑女のあなたが扮した老女と分かっていたからこそ、部屋に上げずに帰したのです。わたしこそ正真正銘のみやびおです」

内容もさることながら、表現も巧み。女の使った言葉をそのまま用いて歌を返す。まさに文字通りの返歌だ。

どうも作り話めいているが、これが事実なら、田主はたいへんなもて男というわけだ。事実、大伴氏の伴氏系図《ばんしけいず》に次のようにある。

「天下に二人といない美男。田主を見た女は多くが恋死にした」

田主がもてたことは確かなようだが、石川女郎の名誉のためにつけ加えておけば、田主そのものの実在性が疑われている。

そして三首目。こちらはしっかり皮肉が効いている。田主は足が悪かったようで、歌の注によると、足の病の見舞いに女郎が贈ったとある。

「わたしが聞いているところでは、葦の先のようにぐにゃぐにゃ足のあなた、どうぞ試してください」

おそらく年上であったろう艶っぽい女郎からの歌。素直に受け取れば病気のアドバイスだが、美男を自認する田主をからかったのか、懲りずにちょっかいを掛けたのか。

◆浮き名が似合う石川女郎

大伴家側の資料によったと思われるエピソードで、いささか三枚目を演じさせられた感がなくもないが、石川女郎は万葉切ってのいい女として知られる。

万葉集には石川女郎（郎女）が七回ほど出てくる。相手はいずれも錚々《そうそう》たる人物ばかり。

・石川郎女表記の相手――

久米禅師（巻二96-100番歌）

大津皇子（巻二107-108番歌）

藤原宿奈麻呂の妻（巻二十4491）

・石川女郎――

大津皇子（巻二109番歌）

日並皇子尊（巻二110番歌）

大伴田主（巻二126-128番歌）

大伴宿奈麻呂（巻二129番歌）

大伴田主《おおとものたぬし》と大伴宿奈麻呂《おおとものすくなまろ》は大伴旅人《おおとものたびと》の弟、日並《ひなみし》皇子尊は天武《てんむ》天皇と持統《じとう》天皇の子どもの草壁《くさかべ》皇子のこと、大津《おおつ》皇子は天武と大田《おおた》皇女の子ども、久米《くめ》禅師は伝説上の人物、藤原宿《ふじわらのすく》奈麻呂《なまろ》は藤原四兄弟の一人、宇合《うまかい》の息子。

藤原宿奈麻呂の妻が巻二十に出てくる以外は、すべて巻二の相聞の部立てに載る。さらに大津と日並（草壁）、田主と宿奈麻呂の歌は連続していて、この配置からは四人の相手の石川は同一人物と考えられる。

美しくて歌が上手、その上ウイットに富む。若さだけが売りの小娘とは格がちがう。じっさい田主とのやりとりがあったときは、かなり年がいっていたようで、それだからこそゲーム感覚で恋愛を楽しんだのだろうか。

シリアスな恋愛の歌というより、遊びと取った方が愉快だ。

11
情

万葉集というと、上品で大らかな歌といったイメージがあるのではないか。同様に万葉の女性とくれば、大和《やまと》撫子《なでしこ》を連想するだろうか。

そういう面もあるが、しかし、これはほんの一面に過ぎない。万葉の女は男以上に情熱的で、真っ赤に焼ける情念を滾《たぎ》らせる。めらめらと燃える火そのものだ。

恋を詠《うた》った歌を見ても、男よりはるかに熱い。激しくて、積極的で、ひたむきで、男の思いなど足下にも及ばない。天空をも焦がしかねない女の執念がほとばしる。それがどれほどすごいか、説明するのが困難なくらいすごい。これは歌を見てもらうしかない。

ここではそうした女性の激しさを、「火」をテーマにした二首で鑑賞する。

その激しさは、

「これが万葉集の歌か」

と信じられないはずだ。

過激な火　長道を焼く

一首目は狭野茅上娘子《さののちかみのおとめ》が中臣宅守《なかとみのやかもり》に贈った歌だが、この激しさは万葉集随一といっていい。二人は夫婦で、宅守が違法行為をしたのか、越前《えちぜん》に配流されてしまう。この別れを嘆いて娘子は詠う。

中臣朝臣宅守《なかとみのあそみやかもり》と狭野茅上娘子《さののちかみのをとめ》との贈答歌（六十三首のうちの一首）

君《きみ》が行《ゆ》く　　あなたが行く
道《みち》のながてを　　長い道を
繰《く》り畳《たた》ね　　帯のように繰って畳んで
焼《や》き亡《ほろ》ぼさむ　　焼き亡ぼしてしまう
天《あめ》の火《ひ》もがも　　そんな天の火があったら、ああほしい
（巻十五　3724）

夫が流される越前と京をつなぐ長い道を引き寄せて、帯のように畳んで燃やして距離をな

くしてしまおう。その道を焼き尽くしてしまう火を天から取りよせたい。

◆火に見る女の情念

何とも凄《すさ》まじい。万葉時代によくもこんな発想ができたものだ。万葉びとはみんなこんな発想をしたのだろうか。

歌は表現が激しい割には分かりやすい。訓《よ》みも難しいところがないくらいシンプルだ。それでいて内容はこれ以上ないくらいに突き抜けている。万葉集の中でも出色の歌だ。茅上娘子が当時としては破格の女性だったのだろうか。

それなら、こんな激しい女性と夫婦になった宅守はどうか。この歌の後に出る宅守の歌で確認する。思いをどう詠っているか。

思《おも》ふ故《ゑ》に
逢《あ》ふものならば
しましくも
妹《いも》が目離《めか》れて
あれ居《を》らめやも　（巻十五　3731）

思って
会えるのなら
少しの間だって
あなたに会わないで
わたしはいられるだろうか

思って会えるものなら、わたしだって会いたい。

しかし、

「できない」

のだから仕方がない。これが宅守の本音なのだろう。

この歌を娘子の歌と比べてどうか。娘子の迫力の前に、無気力としかいいようがない。

女性は現実に立ち向かって、

「打ち破ってやる」

といった気迫に満ちている。

男はどうか。

「ぼくだって会いたいけれど、会えないのだから仕方ない」

現実を受け入れる、現実に全面降伏だ。素直といえば素直だが、まるで覇気が感じられない。万葉時代のお役人は、宅守のように長いものに巻かれる処世を送るのが習いだった?

いや、そんなことはないだろう。みんながみんな、そんな世渡りをしていたとは思えない。

それより何より、ただただ宅守は情けない。娘子と比べてあまりに情けない。

茅上娘子と中臣宅守は、全部で六十三首の歌を交わしている。娘子の二十三首に対して宅守四十首、歌の数はそれなりにがんばっている。しかし、数以上に心が大切だ。情熱がなければ詮方《せんかた》ない。

この歌群は、写本によっては、もっと長い題詞がつく。そこに別れの事情が記される。「中臣宅守《なかとみのやかもり》が女嬬《にょじゅ》の茅上娘子《ちかみのおとめ》を娶《めと》り、勅《ちょく》により越前国に配流《はいる》された。夫婦の別れやすく逢いがたきを嘆き、その思いを歌にして贈答した」

これでも、何が原因で宅守が流されたのかは分からない。いつ流されたのかも不明だが、『続日本紀』によると、天平宝字《てんぴょうほうじ》七年（七六三）に従六位上から従五位下に上がっている。おそらくそれ以前に流されたのだろう。

流されて、その後復帰して神祇官ナンバー2の神祇大副《じんぎたいふ》にまでなっている。しかし、その直後にまた転《こ》ける。天平宝字八年（七六四）の藤原仲麻呂《ふじわらのなかまろ》（恵美押勝《えみのおしかつ》）の乱《らん》に連座して除名の憂き目を見る。

歌のとおり、どうもシャキッとしない生き様だ。

手玉にしたい火　奇跡を呼ぶ

二つ目は持統《じとう》天皇の歌で、これもけっこう過激だ。持統が、亡くなった天武《てんむ》天皇を思って作ったとされる。こちらは火を手玉にして袋に詰めこんでしまう。万葉時代の女性にとって、火は情熱の源泉だったのだろうか。
巻二挽歌の部立てに出る二首歌群だ。相方も併せて載せる。訓みは『万葉集注釈』による。

一書に曰く、天皇の崩《みまか》る時、太上天皇の御製の歌二首

燃《も》ゆる火《ひ》も
取《と》りてつつみて
袋《ふくろ》には
入《い》るといはずや
あはむ日招《ひを》くも　（巻二160）

燃える火も
取って包んで
袋に
入るといふではないか
天皇にお逢ひ申す日を招き祷ってゐることよ

向南山《きたやま》に
たなびく雲《くも》の
青雲《あをくも》の
星離《ほしさか》りゆき
月《つき》を離《さか》りて　（巻二161）

北山に
たなびいてゐる雲の
その青雲が
星を離れて行き
月をも離れて

ここの主題の一首目。

燃える火を手で包んで袋に入れる。こんな奇跡があるというではないか。

こう持統天皇はいうが、本当にこんな奇跡が当時、一般世間に知られていたのだろうか。

それよりは、持統の想像力の産物と考えたほうが楽しい、いや天武天皇をしのんでいるのだから楽しいは不謹慎だが、それにしても万葉時代の女性の想像力は恐るべし。

ところで、最後五句目の訓み下し、

「あはむ日招くも」

これは沢瀉久孝《おもだかひさたか》の『万葉集注釈』による。原文万葉仮名は「面智男雲」となっていて、訓みが確定していない。解釈するにはこれが分かりやすいので引用した。

ただ、沢瀉自身が自分の訓みを、

「いささか不安が残る」

といっているので、こういう理解もあるというくらいに取っていただきたい。沢瀉自身がいっているように、この訓みはおそらくあたっていない!?

火が詠《よ》みこまれていることから、この歌をゾロアスター教と結びつける人もいる。ゾロアスター教はペルシャで生まれた拝火教。

◆持統の死生観は宇宙的スケール

一首目は火の奇跡を詠うが、二首目も相当にユニークだ。万葉集は星の歌が十七首あり、星自体は珍しいというほどではない。ただ、大半は七夕に関連して取り上げられ、一般名詞の星は持統を含めて二首だけだ。詠物《えいぶつ》の選び方も、並みの感性ではないようだ。

この歌の発句は説明が必要かもしれない。ここは原文万葉仮名も「向南山」となっていて、これをどうして「きたやま（北山）」と訓むか。といっても、タネを明かせば何てことはない。南を向く山は北側にあるわけで、それで北山となる。

ただこれを固有名詞だとする説もあって、その場合は甘南山「かみな（み）やま」となる。

ここには星と月が出てくるが、発想が宇宙的スケールだ。

「星さかり行き、月をさかりて」

これは、歳月が遠く離れていく、つまり天武天皇が亡くなって時間が経過したと解釈するのが定説のようだ。

しかし、直感的には、青雲から天武の霊が星の船、月の船に乗り移って遠く離れていくといったイメージだ。持統の感性なら、それくらいのスケールの大きさで理解してちょうどいいのではないか。

12 夢

素朴で大らかとされる万葉時代も、人々は日々ストレスを抱えていた。エリートであればあるほど、権力闘争、出世競争で気の休まるときもなかった。

「ああ、すまじきものは宮仕え」

といっても、当時の貴族にとっては、まだ出家などは一般的ではなかった。出家できない人たちは夢の世界へ逃避した。

そう、教養ある貴族は、現実を忘れるために夢の世界へ旅をした。酒を飲んでくだを巻き、夢幻の世界を逍遥《しょうよう》しては現実から逃げる。現代人と大して変わりないか。

ただ、万葉びとが描く理想郷はとても上品だ。そんな理想郷を詠《うた》った歌物語の一つが「松《まつ》浦川《らがわ》に遊ぶ」というタイトルを持つ歌群。松浦川を逍遥した「我」が川釣りをする村の乙女に会って、歌のやりとりをしながら神仙境を空想するというストーリーに仕立て上げられている。

神仙境　万葉びとが夢見る理想郷

万葉集には現実ではありえない世界を詠《よ》む歌が出てくる。「松浦川に遊ぶ」は中国で見られた神仙思想の影響を受けているという。こうした歌物語は巻五に集中し、しかも長編が多い。これから紹介する「松浦川に遊ぶ」も同じグループに属す。

◆万葉時代の理想郷は唐津の松浦

巻五の歌群は長い序を持ち、歌の数も多い。歌はそれぞれつながっていて、全体で一つの物語を描き出す。「松浦川に遊ぶ」は、その中でも長いほうに入る。とても凝った構成になっているので、目次ふうにタイトルを並べる。

ここのタイトルは題詞と序が長い上に、混然として整理が難しいので、小学館の「日本古典文学全集」に倣う。ほかのテキストもほとんど同じだ。

松浦川《まつらがは》に遊《あそ》ぶ贈答歌二首并《あは》せて序
蓬客等《ほうかくら》の更《さら》に贈る歌三首
娘《をとめ》等の更《さら》に報《こた》ふる歌三首

帥《そつ》大伴卿《おほとも》の追和《ついわ》する歌三首
吉田連宜《よしだのむらじよろし》、梅花の歌に和《こた》ふる一首
吉田連宜、松浦《しょうほ》の仙媛《せんゑん》の歌に和ふる一首
吉田連宜、君を思ふこと未《いま》だ尽《つ》きず、重ねて題す歌二首

この後、大伴氏の歴史的英雄大伴佐提比古郎子《おおとものさでひこのいらつこ》と松浦佐用姫《まつらさよひめ》の悲恋へと話は移る。佐提比古は朝鮮半島へ派遣され、大きな手柄を立てたことで知られるが、佐提比古が半島へ行く前に松浦で佐用姫と恋に落ち、その後、遠征で別れることになる。佐用姫は佐提比古との別れを悲しんで、山に登って必死に領巾《ひれ》を振ったというエピソードが残る。「松浦川に遊ぶ」の歌群に続けて二人の悲恋に関連する歌が並ぶ。


話がそれた。「松浦川に遊ぶ」に戻る。歌の数はそれほど多いわけではないが、歌群には長い序がついて、全体のボリュームは大きい。

タイトルを見て分かるように、全体は一人で作ったものではない。

最初の、

「松浦川に遊ぶ贈答歌二首并せて序」

を起点に別の人たちが追和《ついわ》している。

問題は、作者名のない前半の作者をだれとするか。これが確定していない。ふつうに考えれば大伴旅人だろうか。ただ憶良ではないかという説もあって、はっきりしない。内容的には旅人のようだし、長い序が中国唐代の小説『遊仙窟《ゆうせんくつ》』の影響を受けているとされることから、憶良のほうがふさわしいかもしれない。「松浦川に遊ぶ」に続く「佐用姫伝説」は山上憶良作で確定している。ちなみに巻五は憶良の歌が多い。

それでは歌の鑑賞に入る。

序はこの項のはじめで紹介したように、松浦川、ここは現在の佐賀県唐津で、ここを逍遥した「我」が川釣りをする村の乙女に会って、歌のやりとりをしながら神仙境を夢想するというストーリーになっている。

すべては紹介できないので、松浦川《まつらがわ》に遊《あそ》ぶ贈答歌、蓬客等《ほうかくら》の更《さら》に贈る歌、娘等《おとめ》の更《さら》に報《こた》える歌、帥大伴卿《そつおおとも》の追和《ついわ》する歌、吉田連宜《よしだのむらじよろし》の歌からそれぞれ一首ずつ取り上げる。

松浦川《まつらがは》に遊《あそ》ぶ序（序は略）

漁《あさり》する
海人《あま》の子《こ》どもと

漁をする
漁師の子どもと

人《ひと》はいへど
見《み》るに知《し》らえぬ
良人《うまひと》の子《こ》と　（巻五853）

人はいいますが
見れば分かります
良家のお嬢さんということぐらいは

歌物語の作者は全体の序にでる我ということになる。ここは乙女たちを「良家の子」とするが、序には「児等は漁夫《あま》の舎《いへ》の児」と描写されているので、序の現実から、この歌で夢幻の世界へ入っていくことになる。

この「我」の二首歌群を受けて、我とは別人の蓬客《ほうかく》、さすらい人のことで、彼が客観的に、といってもフィクションの世界だが、乙女の描写を始める。

蓬客《ほうかく》の更《さら》に贈る歌三首（のうちの一首目）

松浦川《まつらがは》
川《かは》の瀬光《せひか》り
年魚釣《あゆつ》ると
立《た》たせる妹《いも》が
裳《も》の裾《すそ》ぬれぬ　（巻五855）

松浦川の
川の瀬が光るほどの
鮎《あゆ》を釣ろうと
立っているあなたの
裳の裾が濡れている

さすらい人も、目の前の乙女を高貴な家の子と見ている。四句目が「立たせる」と、敬語の「せ」を入れている。

ストーリーの創作はさらに続く。今度は呼び掛けられた乙女が応える。当然のことながら、物語は我と蓬客の願う方向に進展する。

娘等《をとめ》の更《さら》に報《こた》ふる歌三首（のうちの三首目）

松浦川《まつらがは》
七瀬《ななせ》の淀《よど》は
淀《よど》むとも
われは淀《よど》まず
君《きみ》をし待《ま》たむ　（巻五 860）

松浦川の
七つの瀬は
淀むでしょうけど
わたしは淀んだりせず
あなたをお待ちします

男たちが散々持ち上げる乙女なのに、ちっともおごっていない。夢想する男の期待に添う歌を返している。コケティッシュな香りさえ漂ってくる。男が創作する歌物語なので、男の都合のいいようにストーリーが展開する。

ここまでは、一人の作者の手になるものと考えられる。大伴旅人か山上憶良の桃源郷ということになる。

次からは作者名が明記される。まずは大伴旅人作だ。

後の人の追和する詩《うた》三首　帥《そち》の老《らう》（三首のうちの二首目）

人《ひと》みなの
見《み》らむ松浦《まつら》の
玉島《たましま》を
見《み》ずてやわれは
恋《こ》ひつつをらむ　（巻五862）

みんなが
見るという松浦の
玉島を
見ないでわたしは
恋しているのだろうか

帥《そち》の老《ろう》は大伴旅人とされる。そうだとすると、前半の作者（男性）は旅人ではないことになる。前半の作者が見ている松浦川の乙女を旅人は見ておらず、想像してうらやましがっている。もちろん、これはフィクションの中のこと。前半の作者が旅人だってかまわない。

この後、吉田宜《よしだのよろし》の長い序が出てきて宜の歌が続く。宜の二首目、松浦《しょうほ》の仙媛《せんえん》に和《こた》える歌を見よう。

松浦《しょうほ》の仙媛《せんゑん》の歌に和ふる一首

君《きみ》を待《ま》つ
松浦《まつら》の浦《うら》の
娘子《をとめ》らは
常世《とこよ》の国《くに》の
海人娘子《あまをとめ》かも　（巻五 865）

君を待つ（枕詞）
松浦の浦の
乙女たちは
常世の国の
漁師のお嬢さんだろうか

海人の娘がいつの間にか「常世の国の海人の娘」になっていて、空想のなかで乙女と戯れる。権力中枢近くに身を置く人間にありがちな、宣はそんな高官ではないが、下品さはみじんもない。「松浦川に遊ぶ」を大伴旅人が最初に構想したとしたら、「酒を讃むる歌」とは大ちがい。京を遠く離れた左遷の日々は、心が右に左に揺れに揺れつづけたのだろうか。ただ、神仙境を夢見ることが、それが現実逃避なのかもしれない。

ちなみに、松浦川《まつら》は、神功皇后《じんぐう》が新羅《しらぎ》遠征する前に鮎《あゆ》を釣ったエピソードが『日本書紀』に載る。松浦は当時、朝鮮半島への窓口だった。

13 闘

これまでもちょくちょく出てきた元正《げんしょう》天皇は、皇位を退いて太上《だじょう》天皇になって「中宮《ちゅうぐう》の西院」を住まいにした。中宮とは天皇の妃が住む宮殿。このときの中宮は聖武《しょうむ》妃の光明《こうみょう》皇后ということになる。ただ、元正太上天皇が光明皇后の宮に住むことはないので、それで中宮の西側にある御殿を住まいにしたものか。あるいは女性の太上天皇ということで、中宮と同格に遇したのかもしれない。

忠義立て　ごますりは雪かき奉仕!?

天平十八年（七四六）正月、元正の中宮西院でちょっとしたイベントがあった。この年の正月は大雪が降って十センチメートルもの積雪となった。そこで、左大臣の橘《たちばなの》諸兄《もろえ》が朝廷の幹部を引き連れて、西院の雪かきをしている。これが恒例行事だったかどうかは分からないが、この忠義立てのお礼に元正が参加者にお酒を振る舞う。

その宴席で元正が呼び掛ける。

「この雪を詠題に歌を作りなさい」

これに応じて、諸兄ら参加者のほとんどが歌を詠《よ》んでいる。それが、なぜか万葉集には橘諸兄、紀清人《きのきよひと》、紀男梶《きのおかじ》、葛井諸会《ふじいのもろあい》、大伴家持《おおとものやかもち》の五人だけの歌が残る。

◆あえて見せつけるごますりの歌

五首のうち四首は素朴に雪を愛でた歌なのに、諸兄だけは忠心、つまりごますりの歌を詠《うた》っている。

　左大臣 橘宿祢《たちばなのすくね》の詔《みことのり》に応《こた》ふる歌一首

降《ふ》る雪《ゆき》の
白髪《しろかみ》までに
大君《おほきみ》に
仕《つか》へまつれば

降る雪のように白い
白髪になるまで
大君に
お仕えできるなら

何と貴く畏《おそ》れ多いことです

髪が真っ白になるまで、肉体が老いさらばえるまで、あなた（元正）にお仕えできるなら、何と素晴らしいことでしょう。

雪かき奉仕をした上で、ここまで忠義立てをする。少々やりすぎの感じがしないでもないが、当時の高官にとってはあたり前のことだったのだろうか。

少なくとも、諸兄はこのごますりを確信犯的にやっている。朝廷トップの左大臣諸兄は朝廷の高官を引き連れて、元正に新年の挨拶《あいさつ》をする。そこで雪かきをする。諸兄は一連の行動を周囲にあえて見せつけたのだ。

天平十八年（七四六）正月のこと。大雪が降って、明るく、華やいだ年のはじめのようにも見えるが、諸兄とその仲間がこの正月を穏やかに迎えたとは思えない。このころ、京は不穏な動きに包まれていた。聖武《しょうむ》天皇は政情不安からか、おびえたように平城《へいじょう》、難波《なにわ》、恭仁《くに》、紫香楽《しがらき》、そしてふたたび平城へと転々とする。

二年前の天平十六年（七四四）には衝撃的な事件が起きていた。聖武天皇のただ一人の男子である安積《あさか》親王が急死したのだ。安積は聖武と県犬養広刀自《あがたいぬかいのひろとじ》の間に生まれた。この時点では聖武のただ一人の親王（天皇の男子）、しかも藤原氏の血を引かない最有力な皇位継承者ということで、藤原氏によって殺害されたと見られている。

通説とまではいかないが、安積殺害の犯人まで推測されている。藤原仲麻呂《ふじわらのなかまろ》だ。

天平十六年の正月、聖武天皇は難波に行幸する。行幸の途中、安積親王の病が重篤となって、恭仁京《くにきょう》へ引き返してそのまま亡くなる。恭仁京を出発してわずかに二日後のことだった。安積の死因については不明だが、帰京の原因となった病は脚気だったというので急死するとは考えにくい。それで藤原氏の陰謀説が浮上する。

天皇の行幸は宮殿から朝廷の高官がそっくりいなくなるので、公務の全権を預かる留守官が置かれる。留守官は行幸期間中のすべての公務を取り仕切ることになる。つまり、やりたい放題できるということだ。

その留守官、安積親王が病で帰京したときの留守官こそ、藤原仲麻呂だった。

安積の急死はただちに行幸先に伝えられたろう。これが反藤原グループを震え上がらせたのは想像にかたくない。諸兄も危機感を持ったにちがいない。この後のことだが、仲麻呂は聖武が亡くなると、光明皇太后の私的機関の紫微中台《しびちゅうたい》を足掛かりに権力を掌握する。

ちなみに、当時の権力構造は、聖武天皇を挟んで、光明皇后（藤原不比等《ふじわらのふひと》の娘）をバックにする藤原氏と、元正太上天皇が対立するというものだった。元正を支えたのが橘諸兄だった。

◆現実の仇を万葉集で討つ

諸兄らの元正西院での雪かき奉仕は、こうした背景の中で行われた。諸兄は身内の結束力を周囲に誇示する必要があった。それを誇示した上で、元正太上天皇を支える、ごますりだと思わせてまで諸兄自らが元正を支えていることを見せつける。それを周囲に知らしめたかった。

このときの朝廷の最高位者である橘諸兄が、元正太上天皇に強く忠義立てする歌を披露する。披露といえば穏やかだが、見せつけるのが狙いだったわけで、それで元正が全員に歌を詠むように勅《ちょく》したのだ。狙いはいうまでもなく、諸兄の元正へのごますり歌を見せつけること。

雪かきの参加者は、歌が残る五人以外の全員の名前が列記されている。当時の朝廷の高官がそろっているので全員の名前を載せるが、彼らの歌は残らない。ここでプロフィルが紹介されてない人は、終わりの「資料」に略歴が載る。

藤原豊成朝臣《ふじわらのとよなり》　巨勢奈弖麻呂朝臣《こせのなでまろ》
大伴牛養宿祢《おおとものうしかい》　藤原仲麻呂朝臣《ふじわらのなかまろ》
三原王《みはら》　智努王《ちぬ》

船《ふね》王
小田《おだ》王
穂積《ほづみ》朝臣老《おゆ》
小野《おの》朝臣綱手《つなて》
太《おお》朝臣徳太理《とこたり》
秦《はた》忌寸朝元《ちょうげん》

邑知《おおち》王
林《はやし》 王
小治田《おわりだ》朝臣諸人《もろひと》
高橋《たかはし》朝臣国足《くにたり》
高丘《たかおか》連河内《かわち》
楢原《ならはら》造東人《あずまひと》

朝廷の高官だから名前が残ったが、彼らは万葉編者、というより、元正太上天皇と諸兄にとってはどうでもいい存在だった。必要なのは、最初の五人、いや諸兄一人だけだった。すでに触れたが、このなかの秦朝元《はたのちょうげん》以外は全員が歌を詠んでいる。それなのに、歌が残るのは五人だけ。ここに列挙される面々の歌はどうして掲載されないのか。不思議な気がするが、とても分かりやすい理由があった。

万葉編者は人名リストの後に、次のように記す。

「これらの人たちの歌は記録しないまま分からなくなった」

もし、これが事実なら、万葉編者である大伴家持にとっては、五人以外どうでもいいということだった。

この記事が載る巻十七は家持の歌日記とされる。家持の趣味のページみたいなものだ。家持にとって五首、さらにいえば諸兄のごますり歌だけを世に残せればよかったのだ。元正と諸兄にとって、ここに挙げたメンバーは諸兄の元正に対する忠誠心を誇示する「ごますりの歌」を聞かせるために呼ばれただけのこと。それだけの存在だった。

ついでだが、ひとり歌を作らなかった秦朝元の理由が面白い。ここまでコケにされるかというか、散々だ。

「橘卿《たちばなきよう》（諸兄）がふざけて『歌を献上することはムリだろうから、麝香《じやこう》でもって代えよ』といったので、最後まで詠うことができなかった」

朝元の名誉のためにつけ加えるなら、朝元の父は遣唐使、母親は唐人という家柄。漢詩は得意でも、短歌は苦手だったのかもしれない。

◆白雪の下の暗闘

それはともかく、歌が残った五人の立ち位置を確認する。

橘諸兄はともかく、大伴家持が諸兄派であるのはいうまでもない。万葉集は諸兄と家持の共同編集ではないか、という説もあるくらいだ。

紀清人《きのきよひと》は、養老《ようろう》五年（七二一）に、首皇《おびと》太子（聖武《しようむ》天皇）の教育係になっている。教育係は長屋王が選任したと考えられるので、長屋王に近かったから選ばれたのだろう。反藤原の長屋王に信頼されていたのなら、皇親派つまり反藤原だったとしていい。

紀男梶《きのおかじ》は橘諸兄が朝廷のトップにいるときに活躍する。諸兄が左大臣になった天平十五年（七四三）に正六位上から外従五位下、同十七年に貴族の仲間入りの従五位下になっている。諸兄と悪い関係にあったということはないだろう。

葛井諸会《ふじいのもろあい》。『続日本紀』によると、天平七年（七三五）九月、大史で正六位下とある。美作《みまさか》の国守である阿倍帯麻呂《あべのおびまろ》が犯した殺害事件にからんで出てくる。このとき諸会は、大伴道《おおとものみち》足《たり》、高橋安麻呂《たかはしのやすまろ》、県犬養石次《あがたいぬかいのいわすき》、板茂安麻呂《いたもちのやすまろ》らとともに事件の審理を担当する。しかしなぜか、担当者全員が事件審理を放棄して職務怠慢の罪に問われる。これまたなぜか直後に天皇の命で許される。犯人が阿倍氏で審理の責任者が大伴氏であるところを見ると、反藤原の動きがあったのかもしれない。藤原氏よりは、諸兄に近いのはまちがいない。

それにしても、高貴なお方の住まいでは、庶民では計り知れない駆け引きがあったということか。

聖武太上天皇晩年の天平勝宝七年（七五五）、橘諸兄は藤原氏の讒言《ざんげん》で失脚しかけるが、以前は藤原寄りだった聖武天皇は讒言（ひょっとすると事実）を無視して諸兄に何のお咎《とが》めもなかった。一時は藤原氏に取りこまれた聖武も、藤原氏の飽くなき野望に遅まきながら気がついた!?

雪かき奉仕の裏で、藤原氏と反藤原の暗闘がくり広げられていた。それにしても、今でも実力者への新年挨拶《あいさつ》は健在?

14 性

恋愛歌集?

そう思えるくらい、万葉集は恋の歌が多い。ただ、これは万葉集を上品に評した表現。わが国最古にして最大の歌集という枕詞《まくらことば》を取りはらえば、次のようになるかもしれない。

「濡れ場文学」

こんなことをいうと、

「何とお下品な」

と怒られそうだが、万葉相聞歌《そうもんか》は明らかに濡れ場文学の一面を持つ。

枕　孤閨で苔むす?

万葉集の恋の歌の多くに枕が出てくる。じっさいの枕もあるが、手枕もある。手枕はてま

くらとならず「たまくら」と訓《よ》む。今でいう腕枕のようだが、ようするに二人で抱き合った証しとして枕を詠《うた》う。

それでいてときには、枕は孤閨《こけい》の嘆きの比喩《ひゆ》だったりする。孤閨とは最近聞きなれないが、独り寝のこと。抱き合った歌は満足感ゆえか穏やかだが、独り寝を嘆くほうは表現が大げさだ。どう大げさ？

結《ゆ》ひし紐《ひも》　　　結んだ紐を
解《と》かむ日遠《ひとほ》み　　　解く日が遠のいているので
敷《しき》たへの　　　（枕詞）
わが木枕《こまくら》は　　　わたしの木の枕は
苔生《こけむ》しにけり　（巻十一 2630）　　　すっかり苔が生えてしまった

意味はここにあるとおりだが、内容は強烈だ。

「あなたとともに過ごす夜が長いことないので、使うことのないわが家の枕は苔が生えてきた」

万葉びとの表現力というか想像力にはほとほと感服させられる。

この歌には、性的関係を比喩する言葉として、枕の外に「紐を解く」も出てくる。紐を解くは、「衣の章・紐」（P36）で取り上げた。「紐を解く」と比べても、この枕の歌の発想は頭抜けている。

じっさいの体験を詠ったのだろうか。そうだとしたら悲しいが、この歌にはどこか、独り寝をシャレのめしているかのような感じがある。

話は飛ぶが、万葉集には失恋の歌が少なくない。本当に失恋して涙に暮れている歌がある一方で、フラれ自慢？としか取れない歌もある。

万葉びとの美学として、自分からフッた体験を歌にすることは憚《はばか》られたようだ。相手にフラれて恋の破局を迎える。ふつうに考えれば悲しいことだが、女性によってはそうならない。

これこそが、

「絶好の歌の素材」

とほくそ笑んだとしか思えない歌が少なくない。

この歌もそうだ。自らフラれて恋の破局を迎えるという絶好の詠物《えいぶつ》を手に入れて、それでウキウキ、ワクワクして歌を作る。なんていっては不謹慎か。

もちろん、モテ自慢の歌はあるが、それはおふざけの戯《ざ》れ歌か、でなければ力の誇示だ。

万葉集の恋の歌は、基本的に相聞《そうもん》という部立て（章立て）に収録される。それ以外にも、公的な歌が並ぶ雑歌《ぞうか》の部立てにもかなりの数が取りこまれていて、恋の歌こそ万葉集の本領といっていい。それも夜の秘めごと、これも今では死語？　そうだとしたら、恋愛歌集どころか、お色気歌集になりかねない。

宮廷の公的行事の雑歌の部立てに、性的表現が頻出しては具合が悪いので、ストレートな表現を使わず、枕とか紐といった比喩《ひゆ》を使っているのだろうか。と、これは考え過ぎ？

麻の束　あっけらかん

万葉びとは現代人よりはるかに洗練されて上品だった！　ところがところが、上品に性を詠う歌集、なんて思わせておいて、万葉集はしっかり期待を裏切ってくれる。おおらかというか、あっけらかんと性を詠う。

◆リアルに性を詠う

一般に思われている万葉集からは想像もつかないかもしれないが、じっさいにあるのだ。未成年者禁止の歌が。ン、古すぎる？　万葉集は懐が深いというか、楽しませてくれる。

上野《かみつけの》
安蘇《あそ》のま麻群《そむら》
かき抱《むだ》き
寝《ぬ》れど飽《あ》かぬを
あどかあがせむ（巻十四3404）

上野の
安蘇《あそ》のま麻の群《そむら》のように
抱きかかえ
いくら寝ても飽きないが
これ以上どうしたものか

この現代語訳は小学館の「日本古典文学全集」を引用した。訳し方によっては下品になりかねないが、さすが「古典文学全集」、ちっともいやらしくない。

たしかに原文を直訳しただけでは、ここで大騒ぎするほどのことはなさそうだが、万葉時代の暮らしに精通した目から見ると、これがすごいらしい。

「古典文学全集」は、この歌の安蘇のま麻群について次のように解説する。

「マ麻群は麻の群生。麻は二メートルにあまるものから一メートルたらずの低いものまであるが、その高さによって、上・中・下の三段階に区別して抜き取られ、処理される。その最も長い麻を抜くには、はじめ、マソムラの中央より少し上部を両手で胸に抱きかかえ、しだいに手を上にずらしながら体を後ろに倒して、低いものをはじきのけ、最後に残った数本ないし十数本について、その茎を力いっぱい引き抜くという。その抱きついたまま体を倒すさまが男女の抱擁に似るので、その比喩とした。安蘇の一帯は、現在も麻の産地である」

麻の束を抱きかかえ、のけ反って引っこ抜く。

これがセックスの体位を比喩しているという。ダイナミックさに、現代人では太刀打ちできないかも。

それにしても単純明快、シンプルな詠いっぷりにいやらしさなどミジンも感じさせない。さすが万葉びと、なんて変な感心をしてしまうが、これが万葉時代の平均的なセックスと取るのは早合点!?

この歌は、万葉集の巻十四に載る。東歌《あずまうた》を収録する巻だ。つまり、平城の京から遠く離れた関東の田舎で詠われたことになる。「上野《かみつけの》の国の相聞往来歌《そうもんおうらいか》二十二首」の標目の中に含まれる。その生活習慣は、京とまったくといっていいほどちがっていた。

じっさい、宮廷を中心に詠われた恋の歌からは、これほどダイナミズムはうかがえない。宮廷人の秘めごとは、あくまで優雅だった!

15 婚

万葉集には現代人には理解しがたいエピソードがふんだんに詰まっている。そんな中でも出色なのが、中臣鎌足《なかとみのかまたり》の歌だ。采女《うねめ》を娶《めと》った喜びを詠《うた》う。

采女とは天皇に仕える女性、地方の有力者の娘から選ばれた。容姿と品性が選考基準だったようで、選ばれた女性は名誉だったと同時に、その堅苦しさに辞退もあった？

そう、采女は天皇の女。

采女は天皇の身の回りの世話をするだけでなく、自由もなかった。天皇以外の男性との恋愛は御法度だった。采女と恋愛関係になった役人が、地方へ流されることもあった。

采女　天皇の女を手に入れたぞ！

世の中、平等でないことはだれもが感じていること。天は二物を与えず、なんていうのは真っ赤なウソ。すべてに秀でている人間はいつの時代にもいる。それが周囲に好感を持たれているかどうかは別だが。

中臣鎌足、後の藤原鎌足も、そうした恵まれた一人だった。

歴史の表舞台だと、藤原鎌足の印象はあまりよくない。政敵を知略と謀略で陥れていく。そんなイメージがつきまとう。というかイメージだけじゃなく、じっさい手を染めている。後に天智《てんじ》天皇となる中大兄《なかのおおえ》に腰巾着のごとくつき従って、政治的ライバルを陰湿な策謀で次々と倒す。

その典型が乙巳《いつし》の変《へん》。皇極朝《こうぎょくちょう》（六四二―六四五）で天皇を天皇とも思わない暴虐を働いた蘇我本家を、中大兄に協力して打倒したことで知られる。日本書紀では英雄だが、本当のところはどうか。

そのやり口は、鎌足の息子不比等《ふひと》はいうまでもなく、孫やひ孫の代まで引きつがれた。陰湿な一族の開祖、お近づきになりたくないやり手を連想しそうだが、鎌足の足跡をたどると、これがひどくモテモテなのだ。

どれくらいモテるか。とりあえず、万葉集を見よう。

内大臣藤原卿《うだいじんふじはらきやう》、采女《うねめ》の安見児《やすみこ》を娶《めと》る時に作る歌一首

われはもや
安見児得《やすみこえ》たり
皆人《みなひと》の
得《え》かてにすといふ
安見児得《やすみこえ》たり　（巻二95）

わたしは
安見児を手に入れた
だれもが
得たいと思いながら得られない
安見児を手に入れたぞ

題詞に見える「内大臣藤原卿《うだいじんふじはらきよう》」は藤原鎌足のこと。つまり、この歌は鎌足が天皇の女である采女を娶ったことを自慢していることになる。采女は天皇の女なのだから、鎌足が自慢したくなるのもよく分かる。

鎌足の自慢げな顔が目に浮かぶ。

「わたしはついに天皇の安見児を手に入れたぞ。だれもが手に入れたくてもできなかった安見児を手に入れたぞ」

この歌が作られたときは天智朝だった。想像するに、鎌足が自分で口説き落としたのでは

なく、天智がそれまでの忠信に報いて与えたのだろう。

それにしても、采女は高嶺の花だった。万葉集には采女の魅力がひしひしと伝わってくる歌がある。大伴旅人の弟、大伴宿奈麻呂《おおとものすくなまろ》の作だ。

大伴宿奈麻呂宿禰《おほとものすくなまろすくね》の歌二首（の一首目）佐保大納言卿の第三子

うちひさす　（枕詞）
宮《みや》に行《ゆ》く児《こ》を　宮仕えにいく娘を
まかなしみ　いとしく思い
留《と》むれば苦《くる》し　引きとめようとすれば苦しい
やればすべなし（巻四532）　それでいかせるのだが、切ない

題詞に出る佐保大納言卿《さほだいなごんきよう》は大伴安麻呂《やすまろ》なので、宿奈麻呂は大伴旅人の弟ということになる。大伴家持の妻大伴大嬢《おおとものおおおとめ》の父親。

この歌は宿奈麻呂が備後守だったときに作られたとされる。守は朝廷が選任する知事にあたり、守が赴任地の娘から采女を選んだ。宿奈麻呂も地元の選りすぐりの美しい娘を宮殿に

送り出すことになった。が、自分が采女に選んだ娘を目の当たりにした宿奈麻呂はその美しさに一目惚れし、京へ送り出すのが惜しいと思ったというのだ。それもかなわない苦しい胸の内を詠《うた》っているが、采女とはそれほど魅力的な娘ばかりが選ばれた。

◆天皇の妃を二人まで

話を鎌足に戻す。鎌足のすごさはこれだけで終わらないところだ。天皇の女官どころか、天皇の妃というか、妻までも娶っている。それも二人！

一人は孝徳《こうとく》天皇の妃。中大兄と知り合う前の鎌足は、軽《かる》皇子（孝徳天皇）を踏み台にして朝廷でのし上がろうとしていた。それで、軽皇子の邸宅に入りこむ。いってみれば居候《いそうろう》。ところが、これがただの居候ではなかった。

軽皇子は鎌足の人間の立派さに感激し、妃である阿倍《あべ》氏の女《むすめ》に食事から寝所の世話の一切をさせる。

鎌足はこのもてなしがよほどうれしかったらしい。

後に、

「軽皇子を天皇としたい」

といったとか。いかにもわざとらしいが、これがまた軽皇子を感激させる。

豊臣秀吉《とよとみひでよし》以上の、希代の人たらしだった!?　もっとも鎌足が魅力的な男でなければ孝徳妃も誠心誠意のもてなしはしなかっただろう。

結局、軽皇子は妃を鎌足に与えている。

この妃は阿倍内麻呂《あべのうちまろ》の娘の小足媛《おたらしひめ》とされる。ただ、小足媛は孝徳天皇の嫡子有間《ありま》皇子を生んでいるので、別人としたほうがいいような気がする。

これについては答は出ないが、事実として、鎌足に与えられた妃はこのとき妊娠六カ月だった。

軽皇子は妊娠中の妃を与えるにあたって次のようにいっている。

「生まれた子どもが男ならお前の子としろ、女だったら自分の子とする」

結果は男で、これが定恵《じょうえ》とされるが、もちろん確定的なことはいえない。定恵自身は、鎌足の長男として唐に渡って僧になっている。

それにしても、藤原（中臣）鎌足は謎が多い。正室は鏡《かがみ》王女とされ、彼女は万葉歌人として名高い額田《ぬかた》王の姉ということになっている。これもいまいちはっきりしないが、鏡王女が鎌足の妻だとすると、鎌足は孝徳に続いて天智天皇からも妃をたまわったことになる。鏡王女は天智の後宮にいたとされ、妃とはいえないまでも妻であった。

二人の天皇から妃を与えられる。凡人には及びもつかないやり手社員だった。

16
命

万葉集は身分にかかわりなく、あらゆる階層の人たちの歌が採られている。上は天皇から下は乞食《こじき》まで歌を詠《よ》む。

じっさい万葉集には乞食者が作った歌が残る。

「乞食の者」と書いて、

「ほかいびと」

と訓《よ》む。

この乞食者はただの乞食ではない。家々の玄関を訪ねて、めでたい言葉で祝っては食べ物をもらった芸人だ。家々をお祝いしたことから「祝《ほか》いびと」といわれた。

今もある獅子舞は、乞食者の流れを汲んでいるという。

乞食者の歌は人間に食される動物の気持ちを詠《うた》っている。万葉集には鹿《しか》と蟹《かに》の二首が載っているが、鹿も蟹も当時の貴重な食材だったことで取り上げられたようだ。

人間にとって魅力的な食材が自ら、

「人間に食べられたい」

と吐露するというストーリーに仕立てられている。これがオモシロおかしく語られながら、生きることのほろ苦さ、悲しさを読者に突きつける。

二首は万葉集の中でも特異な存在で、第二次世界大戦後の極端な自由主義の空気の中で、共産主義者?の作だとされたりもした。

ただ、宮廷では鹿が登場する芸能が演じられており、権力側の要請で登場したと考えられる。つまり、そういった思想的な思惑はなかったのだろう。この後、取り上げる。

鹿　あらまほしき人生の終わり方

等しく人間の食材として出てくるが、鹿と蟹の歌では微妙にスタンスがちがう。

鹿のほうは突然の事情で食されることを納得する。開き直りかもしれないが、この歌には人生の終わりについて、当時の人々の死生観が表れているような気がする。

一方、蟹は天皇に召されて不本意に食される。人間に食されることを、本心からは同意していない感じだ。

はじめに鹿の歌から見る。

乞食者《ほかひびと》の詠《うた》ふ二首

いとこ汝兄《なせ》の君《きみ》
をりをりて 物《もの》にい行《い》くとは
韓国《からくに》の 虎《とら》といふ神《かみ》を
生《い》け捕《と》りに 八頭《やつ》取り持《も》ち来《き》
其《そ》の皮《かは》を 畳《たたみ》に刺《さ》して
八重畳《やへたたみ》 平群《へぐり》の山《やま》に
四月《うつき》と 五月《さつき》の間《ほど》に
薬猟《くすりがり》 仕《つか》ふる時《とき》に
足引《あしひ》きの 此《こ》の片山《かたやま》に
二《ふた》つ立《た》つ 櫟《いちひ》が本《もと》に
梓弓《あづさゆみ》 八《や》つ手挟《たばさ》み

お懐かしい旦那さま聞いて下さい
日々暮らす中に外《よそ》へ出掛けて行こうと思うて
朝鮮の国で虎と言う恐しいものをば
八匹迄生け捕りにして参りました
皮をば敷き物に縫うて
八重畳の平群の山で
四月五月の時分に陣を張って
薬猟り致しました時分に
近くの山陰に
並んで立って居る櫟の樹の下で
梓の木で拵《あつら》えた弓を沢山小腋《こわき》に抱え込んで

ひめ鏑《かぶら》 八《や》つ手挟《たばさ》み
鹿待《ししま》つと わがをる時《とき》に
さ雄鹿《をしか》の 来立《きた》ち嘆《なげ》かく
たちまちに われは死《し》ぬべし
大君《おほきみ》に われは仕《つか》へむ
吾《わ》が角《つの》は 御笠《みかさ》のはやし
わが耳《みみ》は 御墨《みすみ》の壺《つぼ》
わが目《め》らは ますみの鏡《かがみ》
わが爪《つめ》は 御弓《みゆみ》の弓弭《ゆはず》
わが毛《け》らは 御筆《みふで》のはやし
わが皮《かは》は 御箱《みはこ》の皮《かは》に
わが肉《しし》は 御膾《みなます》はやし
わが肝《きも》も 御膾《みなます》はやし
わがみげは 御塩《みしほ》のはやし
老《お》い果《は》てぬ わが身《み》一《ひと》つに
七重《ななへ》花《はな》咲《さ》く 八重《やへ》花《はな》咲《さ》くと

溝の著いた鏑矢をこれもまた小腋に抱え込んで
次々来る鹿を射てやろうと隠れていると
鹿が私の前へやって来て嘆いて言うのには
私は急に死にそうなのでどうぞお殺し下さい
私は天子さまに奉り物をしたいと思います
私の角は天子の御笠の飾りになります
私の耳は天子の御使いになる御墨壺になります
私の耀いた目は澄み切った鏡であります
私の爪は弓の先につく弓弭となります
私の毛は御筆の飾りになります
私の皮は御箱に張る皮になります
私の肉は天子の御膾《みなます》の賑かしにできます
私の肝もまた御膾の賑かしであります
私の反吐《へど》は塩辛を賑かす材料となります
ああ年が寄ったわたしをどうぞ殺して下さい
老ぼれの体一つが七重にも八重にも花が咲き

申《まを》しはやさね　光栄生じたと言うて御賞翫《ごしょうがん》下さい
申《まを》しはやさね　御賞翫下さい（巻十六3885）
右の歌一首、鹿の為に痛みを述べて作る。

現代語訳は折口信夫《おりくちしのぶ》の『口訳万葉集』を参考にした。分かりやすいし、面白い。ただ、長いので一行に納まるように短くしている。

前半は腕自慢の猟師の行動を描写する。薬猟は薬膳料理の材料となる獣を捕獲するために行われた。

ここには朝鮮半島まで行って、八頭の虎を仕留めた猟の名手が出てくる。鹿本人でなく猟師の語りになっているが、途中から鹿が語り出す。

ちなみに、次に紹介する蟹は最初から蟹本人が自分の運命を語る形になっている。

その猟の名手の前に、年老いた鹿が現れる。絶体絶命。命ごいをするのかと思ったら、鹿は自分がいかに天皇の役に立つかをはやし立てる。この後からが後半で、ここから鹿自身が食材としての自分の価値を語り出す。

鹿は一つ一つ部位を取り上げて、それが何の食材になるのか、具体的に説明する。

その上で、

「自分は老いぼれたので、わたしの体に七重八重の花を咲かせて役立ててください」

とけなげに結ぶ。

鹿の本心はどこにあるのか。

歌の響きからすると、鹿は天皇のために死ぬのをいやがっているようには見えない。悲壮感はあまり感じられない。身を捨てて役に立つことは、花が咲くように華やぐことだとまでいう。物体としての死をムダにしないということなのだろうか。

もちろん、これは人間が鹿に代わって、人間に都合のいいように歌ったもの。研究者によっては、猟する人を権力者、鹿を庶民に見立てて、虐げられる庶民の悲しみ、嘆きを訴えたものと見る。食される側にたてば、こちらの理解になるのだろうか。

蟹　命をいただきます

鹿の歌とちがって、天皇に召される蟹の気持ちを詠っている。鹿も蟹も当時の貴重な食材だった。

◆けなげな蟹

語り手は異なるが、この歌も鹿とほとんど同じ構成になっている。蟹が自らの立場を語る。前半に人間に食されることになるまでの経緯が示され、その後に調理法が解説される。これがまたジンとくる。オモシロおかしい中に、人生を考えさせてくれる。

忍照《おして》るや 難波《なには》の小《を》江《え》に
廬作《いほつく》り 隠《なま》りて居《を》る
葦蟹《あしがに》を 大君《おほきみ》召《め》すと
何《なに》せむに 吾《わ》を召《め》すらめや
明《あきら》けく 吾《わ》が知《し》ることを
歌人《うたびと》と 私《わ》を召《め》すらめや
笛吹《ふえふき》と 私《わ》を召《め》すらめや
琴弾《ことひき》と 私《わ》を召《め》すらめや
かもかくも 命《みこと》受《う》けむと
今《け》日《ふ》今《け》日《ふ》と 飛鳥《あすか》に到《いた》り
置《お》くとも おくなに到《いた》り

浪速の入り江に
小屋を拵えて隠れて住んでいる
この葦の中の蟹を天子様がお呼びになる
何の為に私をお召しなさるのだろうか
明らかにわたしがそうでないことを知るのに
歌唄《うたうた》いとしてお召しなさるのだろうか
笛吹きとしてお召しになるのだろうか
琴引きとしてお召しになるのだろうか
そうだとしても天皇の命を受けようと
今日か今日かと飛鳥へついて
その飛鳥のおくなと言う所へ行き

策《つ》かねども つく野《の》に到《いた》り
東《ひむがし》の 中《なか》の御門《みかど》ゆ
参《まゐ》り来《き》て 命受《みことう》くれば
馬《うま》にこそ ふもだしかくもの
牛《うし》にこそ 鼻縄《はななわ》著《は》くれ
足引《あしひ》きの 此《こ》の片山《かたやま》の
縦楡《もむにれ》を 五百枝《いほえ》剥《は》ぎ垂《た》れ
天光《あまて》るや 日《ひ》のけに干《ほ》し
さひづるや から碓《うす》に舂《つ》き
庭《には》に立《た》つ 手碓《てうす》に舂《つ》き
忍光《おして》るや 難波《なには》の小江《をえ》の
初垂《はつたり》を 辛《から》く垂《た》れ来《き》て
陶人《すゑひと》の 作《つく》れる瓶《かめ》を
今日《けふ》往《ゆ》きて 明日《あす》取《と》り持《も》ち来《き》
吾《わ》が目《め》らに 塩塗《しほぬ》り給《たま》ひ
腊《きたひ》はやすも

つく野と言う所へ行き
東の中の御門から
伺って命を受ければ
馬ならば絆《ほだし》をかけるのももっともだ
牛ならば鼻縄を著けて
この片山の
もむ楡の五百枝の皮を剥いで吊るし
日に干し
自分の体とともに韓臼で舂き
庭に据えた手臼で舂き
難波の小江の
塩の最初の滴りを
陶人の作った瓶を
今日行って明日取ってきて
私の目に塩を塗られ
そして、旨い旨いと御賞翫《しょうがん》下さい

臘《きたひ》はやすも　旨い旨いと御賞翫《しょうがん》下さい

右の歌一首、蟹の為に痛みを述べて作る。　（巻十六　3886）

これも現代語訳は折口信夫の『口訳万葉集』を参考にした。

『口訳』には終わりから三行目が、

「塩をば、自分の体にお塗りなされて」

とあるが、原文は目となっている。ここは原文に合わせた。

ここに出てくる蟹のつぶやきは、前半が天皇に召されて難波の入り江から飛鳥の宮殿に行くまでの道程。後半で蟹の役目、蟹をおいしく食べるための調理方法が述べられている。

先ず前半。蟹は天皇からの突然のお召しに戸惑っている。

まさか食されるとは思っていない蟹は、思いめぐらす。

「芸もない自分を、歌手として呼んだのだろうか」

「楽器奏者として呼んだのだろうか」

この疑問も、宮殿に着いて解決する。解決するが、とんでもないことを悟らされる。

「自分は天皇に食されるために召されたのか」

ただ、悟るや、切り替えは早い!?

ここからが後半。自分が最高の食材となるための調理法が延々と続く。

ただ、折口の解釈による調理方法では、蟹（自分の体）を臼で舂《つ》いているが、蟹を砕いては具合が悪いとか。

根拠は歌の最後のお囃子《はやし》、

「きたひはやすも」

の原文が「腊賞毛」となっているからだ。

腊は「きたひ」で、賞毛が「はやすも」の音を引き出すために用いられているが、腊の意味は、漢和辞典によると「ほしにく」。「干して干物にする」ともある。それからすると、この蟹は丸干しにされると取るほうが自然だろう。この解釈だと、最後のお囃子《はやし》みたいな言葉の意味は次のような解釈になる。

「わたしを日干しにして干物でご賞味ください」

そうだとしても、歌に明確に「臼に舂く」とあるので、食べるときは細かく砕いたと取りたい。

蟹の丸干しは、食べるのが手ごわそう！

乞食者　史上初の共産主義者？

ところで問題の歌の肝、乞食者《ほかいびと》が詠う食される側の気持ちだ。乞食者の歌は、天皇に献上される鹿と蟹の気持ちを思いやる。苦しい生活を余儀なくされている庶民を、動物に擬《なぞら》えて同情したという解釈がある。

◆万葉の時代に共産主義者？

これを一部の研究者は、搾取される庶民に同情して、その思いを鹿と蟹に託したとする。ストレートに同情したのでは権力批判と取られかねないからだというわけだ。万葉の時代にマルクス主義者がいたという理解なのだろうか。それはそれで興味深い。

わが国には江戸時代に安藤昌益《あんどうしょうえき》という思想家が出ている。安藤の思想は一般的には農本主義といわれるが、いわゆる共産主義に近い。そういう意味では、乞食者の歌の解釈としておかしいことはない。

鹿にしろ蟹にしろ、命を頂くというのだから、ただ事ではない。

ただ、鹿や蟹の命を頂いているのは、この歌に限ったことではない。わたしたちも頂いている。

それより何より、この歌から日々の労働で搾取されている庶民をイメージできるだろうか。乞食者の歌はふつうに鑑賞して諧謔《かいぎゃく》に富んで面白い。それなのに何故か、研究者たちの評価は高くない、というより低過ぎる。ひょっとして、この歌に思想性を感じているのだろうか。一流とされる学者ほど、文学から思想性や政治性を排除したいらしい。

「万葉集は純粋に文学として鑑賞すべし」

しかし、それこそが文学としての万葉集に思想、政治を持ちこんでいることではないのか。そこにあるものを無視する、これでは公平な鑑賞態度とはいえない。

乞食者の歌を作った人たちは、相当のインテリというか、庶民に同情する余裕のあるクラスの人だったはずだ。皮肉、ウイット、いわゆる教養のある人たちだということは、読んで伝わってくる。乞食者の歌は、研究者がどんなに無視しようが面白い。

権力者たちは自分が揶揄《やゆ》されているのに気づかずに、笑っていたのかもしれない。狂言が痛烈に支配層を馬鹿にしていたのに、狂言を見た支配層はそれを自分のことと思わずに笑い転げていたという。これは万葉集の読者にもいえるのかもしれない。

先入観抜きに鑑賞して、乞食者の歌にはイデオロギーとは別次元の批判精神を感じる。

乞食者の歌がどこから来たのか。定説はないようだが、もともとは朝廷の式典で演じられた芸能というか、言祝《ことほ》ぎ歌の流れにある。朝廷では鹿の頭をかぶって舞いを舞ったといい、舞いと一緒に歌われたものが形を変えて、乞食者の歌となったのかもしれない。そうだとすると、もともと諧謔性がその本質だったということになる。

17 死

万葉集には挽歌《ばんか》という、死をテーマとする部立て（章立て）がある。ここでは当然のこと、人の死が詠《うた》われる。大抵は他人の死を詠うが、中には自分の死を自ら悼《いた》む歌もある。自分を傷《いた》む歌ということで自傷歌《じしょうか》ともいう。

自分の死に臨んで作った歌、いわゆる辞世《じせい》の歌《うた》だが、万葉集に辞世の歌を残して有名なのが有間《ありま》皇子と大津《おおつ》皇子だ。二人とも悲劇の主人公として知られる。ともに有力な皇位継承者で、それ故に政敵の陰謀で死に追いやられる。

ちなみに、自分の死は有名な柿本人麻呂《かきのもとのひとまろ》も詠っている。ただ、人麻呂の歌は本当に死の間際に作ったの

か疑問を持たれている。

悲劇のヒーロー　因果はめぐる

有間皇子は孝徳《こうとく》天皇の嫡子。蘇我氏傍系の蘇我赤兄《そがのあかえ》に唆《そそのか》され、謀反を企てて死に追いやられる。斉明四年（六五八）のこと。

大津皇子は天武《てんむ》天皇の第三子。嫡子は異母兄の草壁《くさかべ》皇子だが、病弱な草壁とは対照的に文《ぶん》武《ぶ》に優れ、有力な皇位継承者と目された。しかし、これが災いして、草壁の母親の持統《じとう》天皇により死をたまわる。こちらは無実の罪とされる。有間事件に遅れること三十年。朱鳥一年（六八六）。

二人は時代も離れ、直接に関係ないようだが、見えない糸でつながっている。二人の辞世の歌を通して「因果」をたどる。

◆有間皇子の悲劇

はじめに有間皇子の歌を見る。有間の自傷歌は二首セット。ただ、死に臨んで詠ったにしては切迫感がない。それで、本人の作ではないとの見方もある。

それでも、有間の辞世の歌は万葉名歌とされる。それは有間の死があまりにドラマチックだからだ。

とりあえずは、万葉名歌とされる歌を鑑賞しよう。

有間皇子《ありまのみこ》、自《みづか》ら傷《いた》みて松《まつ》が枝《え》を結ぶ歌二首

磐白《いわしろ》の
浜松《はままつ》が枝《え》を
引《ひ》き結《むす》び
まさきくあらば
またかへり見《み》む　（巻二141）

磐代の
浜松の枝を
ひき結び
幸運に恵まれたなら
ふたたびこの結び松を見よう

家《いへ》にあれば
笥《け》に盛《も》る飯《いひ》を
草《くさ》まくら
旅《たび》にしあれば
椎《しい》の葉《は》に盛《も》る　（巻二142）

家にいれば
食器に盛る食事を
（枕詞）
今は旅の途中なので
椎の葉っぱに盛る

二首は有間皇子が権力闘争に敗れて死に追いやられるときに自らを傷んで詠《よ》んだ、とされる。これに続けて、後の人が有間に同情する歌が並ぶ。追悼歌の作者は長意吉麻呂《ながのおきまろ》、山上憶良《やまのうえのおくら》、さらには「柿本人麻呂歌集」からも採られている。「人麻呂歌集」の歌は人麻呂作だと考えられる。錚々《そうそう》たる歌人が追悼している。

すごいのは追悼歌の作者だけでない。有間の自傷歌群は巻二挽歌の部立ての冒頭、ということは万葉集の挽歌の最初に出てくる。

万葉編者が、有間の死を、

「特別」

だと認識していたということだ。破格の扱いだったことが分かる。

有間皇子は孝徳天皇の嫡子として、有力な皇位継承者と目されていた。しかし、『日本書紀』によると、孝徳は天皇でありながら権力を掌握しておらず、皇太子に実権を握られていた。しかも、有間の母親の実家となる阿倍内麻呂《あべのうちまろ》（孝徳朝の左大臣）が孝徳在位中に突然死する。孝徳亡き後はバックのない血筋だけの皇位継承者だった。

◆七世紀のハムレット

後ろ盾のない有力皇位継承者。これほど危ない立場はない。いつライバルに排除されてもおかしくない。

そこで有間はどうしたか。

つまり気が触れた振りを演じた。

「陽狂《ようきよう》」

そう、ハムレットだ。

崖っぷちに立たされた高貴な若者は、ハムレットの生まれる千年前にシェイクスピアばりの脚本を書いたのだ。

それだけでは安全とはいえない。有間はさらに難を逃れるため、紀国の牟婁《むる》温泉（白浜温泉）へと療養へ出る。斉明三年（六五七）のことだ。

そこでのんびり過ごした有間は、権力闘争のほとぼりがさめるのを見計らって京へ戻り、斉明天皇に牟婁温泉が素晴らしいことを報告する。これを聞いた斉明は皇太子らを引きつれて牟婁温泉へ長期行幸する。

しかし、これが有間を油断させる罠だった。天皇と皇太子がいない京で、有間皇子に甘い言葉をささやく者がいた。蘇我赤兄《そがのあかえ》だ。

蘇我赤兄が有間に水を向ける。

「今の政策には三つの誤りがあります」

当時、斉明朝は次々と大掛かりな土木事業を展開して、国民は悲鳴を上げていた。どこかの政権と同じだが、赤兄は斉明のバブル政策の失政を指摘した。これは、有間も感じていたことだった。不遇の自分に、政権中枢にいる赤兄が本音をうち明けてくれた。有間は有頂天になるくらいにうれしかった。そのうれしさがそれまでの用心深さを吹き飛ばした。

天皇、皇太子がいないのをいいことに、有間は赤兄とクーデターを起こす計画に着手する。が、有間はその日のうちに謀反のかどで捕まってしまう。捕まえたのは、あろうことか蘇我赤兄だった。

罠にはまった有間はそのまま京から紀の牟婁温泉へ引き立てられる。この旅は有間にとっては死出《しで》の旅となるが、旅の途中で万が一の幸運を願って歌を詠んだ。それがここにある結び松の自傷歌群だ。

以上が有間皇子の自傷歌の一般的な解釈だ。ただ、はじめに触れたように、この歌には死に臨む切迫感がない。とりわけ、二首目はふだんの旅先の様子を詠ったとしか取れないため、別の解釈が出ている。本書は通説の解釈に従うが、念のため「異説」を紹介する。

平安後期の歌人、源俊頼《みなもとのとしより》が『俊頼髄脳《としよりずいのう》』で、次のように解説する。

「……略……

この歌（一四一番歌）は孝徳天皇といわれた帝《みかど》が、天子の位を去ろうとされた時、当然皇太子の有間の皇子に位を譲ろうとされたが、とても位を保てそうもない態度を見てとられて、お譲りなさらなかったので、皇子は父天皇をお恨みして、都を出て山野を放浪なさったあげく、紀《き》の国岩代という所に行き着いて、松の枝を結び、行く先の無事を祈って、お詠みになった歌である。

……略……

この歌（一四二番歌）もまた、前の歌と同じ時にお詠みになったのだと、物の本に書いてある。『結び松』の意義は、『手向《たむけ》』ということと同じことである。松の葉を結んで、それが解けないうちに無事に帰って来ようと、神に誓願して結ぶのである。そこで、『まさきくあらば』と詠んだのである」（現代語訳は小学館の「新編日本古典文学全集」による）

俊頼は有間の歌を、孝徳天皇の嫡子であるにもかかわらず皇位を継げなかったのを拗《す》ねて、家出をした時のものだとする。歌の響きからは、この解釈のほうがふさわしい気もするが、歌群が置かれた部立てが挽歌ということを踏まえると、歌の真の作歌事情がどうかは別にして、万葉編者は斉明四年（六五八）の死に臨んだときを念頭に置いて編集したはずだ。

◆大津皇子の悲劇

有間皇子の悲劇はある意味、自業自得といえるかもしれないが、大津皇子の悲劇は無実の罪で陥れられたのではないかと見られている。

『日本書紀』には、

「皇子大津の謀反が発覚、仲間三十人余りとともに逮捕される」

とあり、一応罪状を示すが、謀反がどんなものなのかは皆目分からない。ふつうに考えて、これが事実なら隠す必要はない。

それで、

「ウソだろう」

という、ごくごく自然な疑いの目が向けられる。この疑問はおそらく正しい。大津は死をたまわるが、仲間は基本的に許されているからだ。ただ、周囲が大津を担ぐという動きがあったのかもしれない。

いずれにしろ、大津は訳語田《おさだ》の舎で命を絶つ。「舎」が自宅なのか、獄舎なのか。そこで詠んだのが次の歌だ。

大津皇子《おほつ》の死《し》を被《かうむ》る時、磐余《いはれ》の池《いけ》の堤《つつみ》にして涕《なみだ》を流《なが》して作る御歌一首

ももづたふ　　　　（枕詞）
磐余《いはれ》の池《いけ》に　　　　磐余の池に
鳴《な》く鴨《かも》を　　　　鳴く鴨を
今日《けふ》のみ見《み》てや　　　　今日だけ見て
雲隠《くもがく》りなむ　（巻三416）　　　　死んでいくのだろうか

右、藤原宮の朱鳥元年の冬十月。

歌としてはシンプルだ。とくに説明する必要もないが、万葉名歌として知られる。それはおそらく無実の罪で無念の死を遂げたことによる。

『懐風藻《かいふうそう》』は『日本書紀』より詳しい事情が記される。莫逆《ばくぎやく》の契《ちぎり》をした河島皇子《かわしま》（川島皇子、天智天皇《てんじ》の息子）が大津の謀反を密告したとある。これから通説では、川島皇子が持統天皇の意を受けて大津を陥れたとされる。ちなみに莫逆とは親しい友のこと、川島皇子は親友を裏切ったわけだ。

大津皇子の死は、いたく人々の同情を呼んだ。万葉集でも、有間皇子の死と並ぶ二大悲劇

として扱われる。二大悲劇の主人公は時代もちがえば直接のかかわりもないのだが、二人は見えない糸でつながっている。

◆祖父の因果が孫に報う

有間は斉明《さいめい》四年、蘇我赤兄《そがのあかえ》に謀反を唆されて、迂闊《うかつ》にもそれに乗って死をたまう。『日本書紀』を信じるなら、斉明朝の皇太子が赤兄に謀反を持ちかけさせたというシナリオだ。つまり、赤兄は皇太子の意をくんで、最初から有間を陥れるつもりだったということになる。

これはこれで当時の権力闘争からすれば当然なのだが、大津皇子が有間と同じ運命をたどるとなると話は別。因果応報を感じないではいられない。

大津皇子の妃山辺《やまのべ》皇女は、有間皇子を陥れた蘇我赤兄の孫娘。赤兄の娘の常陸娘《ひたちのいらつめ》と天智天皇との間に生まれた。その山辺が嫁いだ大津皇子が政敵の陰謀で死に追いやられたのだ。

大津の悲劇は、それ自体が悲劇として知られるが、大津を追って殉死した山辺皇女も悲劇のヒロインとして大津以上に人々の涙を誘った。大津の死を目の当たりにして、髪を振り乱し、裸足で走り、ついに殉死した。見るものすべてが悲しみ哭《な》いたという。

山辺皇女の殉死は『書紀』とほとんど同じ話が『扶桑略記《ふそうりゃくき》』にもあって、いかに人々の同情を引いたかが分かる。

まさに、

「祖父の因果が孫に報いた」

ということか。歴史的な悲劇の陰に歴史の皮肉があった。

番外編

これまで万葉集の歌をとおして、万葉びとの暮らしを見てきた。歌を紹介するにあたっては、当時の暮らしぶりが伝わるようにまんべんなくピックアップしたつもりだ。わが世の春を謳歌する歌、人生の悲運を嘆く歌、人の死を悼む歌、出会いや別れを詠《うた》う歌など偏りなく選んだつもりだが、一つだけ取り上げていないものがある。

万葉集の歴史観だ。

万葉集は「万葉史観」ともいうべき独自の歴史観を持っている。それが『日本書紀』の描く歴史へ異議申し立てをする。

そのやりかたは、歌の後ろにつく注釈（歌の後は左側になるので左注という）が、歌の解説を離れて訳の分からない主張をする。この主張こそが万葉集の政治的、歴史的な立場の表明なのだ。本書は巻一の八番歌の左注を通して万葉史観を検証する。

万葉史観　書紀歌謡を解説する

巻一の八番歌左注。万葉集の巻一冒頭の左注はほとんどが歌の解釈には役に立たないが、これもその例にもれない。それなのに、これまでの研究者は理解しがたい説明をするか、でなければ無視する。そんなことで万葉集を分かったことになるのだろうか。

八番歌は、万葉歌の中でもとくに有名だ。作者は額田王《ぬかたのおおきみ》、あるいは斉明《さいめい》天皇とされる。伊予《いよ》の熟田津《にぎたつ》を出港する歌で、万葉集に興味ある読者なら一度は目にしているはずだ。それくらいの名歌なので、万葉秀歌に八番歌はかならず入る。

ところが、その八番歌の左注がまるで意味不明。これを後世の研究者が、どう解釈してきたか。少々おカタくなるが、これから確認する。

◆所在不明の斉明天皇の恋歌

万葉歌の中でも、斉明天皇が作ったものは一筋縄ではいかない。その典型的な例が八番歌だ。この歌は山上憶良《やまのうえのおくら》の『類聚《るいじゅう》歌林《かりん》』引用の左注が訳の分からない主張をする。

　後岡本宮《のちのをかもとのみや》に御宇《あめのしたしらしめ》す天皇の代　天豊財重《あめとよたからいかし》日《ひ》足姫《たらしひめ》天皇、譲位の後に後岡本宮《のちのをかもとのみや》に即《つ》く

額田王《ぬかたのおおきみ》の歌

熟田津《にぎたつ》に
船乗《ふなの》りせむと
月待《つきま》てば
潮《しほ》もかなひぬ
今《いま》は漕《こ》ぎいでな　（巻一　8）

伊予の熟田津《にぎたつ》で
船を出そうと
月を待っていると
船を出すのにいい潮となってきた
さあ、今漕ぎ出そう

右は、山上憶良《やまのうえのおくら》大夫の類聚《るいじゆう》歌林《かりん》を検《けみ》するに曰く、「飛鳥岡本宮《あすかのをかもとのみや》に御宇《あめのしたしらしめ》す天皇の元年己丑、九年丁酉十二月己巳朔壬午、天皇と大后と伊予《いよ》の湯宮《ゆのみや》に幸す。後岡本宮《のちのをかもとのみや》に馭宇《あめのしたしらしめ》す天皇の七年辛酉の春正月丁酉朔壬寅、御船西に征き、始めて海路に就く。庚戌、御船が伊予の熟田津《にぎたつ》の石湯《いはゆ》の行宮《あんぐう》に泊《は》つ。**天皇、昔日より猶ほ存れる物を御《み》覧《そなは》して、当時忽ちに感愛の情を起こす。このゆゑに歌詠を製りて哀しみ傷む」。即ち、この歌は、天皇の御製なり。**但し、額田王《ぬかたのおおきみ》の歌は別に四首あり。

歌意はここにあるとおり、それほど複雑なことを詠っているわけでない。それなのに左注のいっていることは理解不能なくらいにおかしい。

左注の内容を確認する。

右の歌は、『類聚歌林』に次のようにある。

「飛鳥岡本宮《あすかおかもとのみや》天皇一年（六二九）と九年（六三七）十二月、天皇と皇后が伊予《いよ》の湯《ゆ》の宮《みや》へ行幸した。その後、後岡本《のちのおかもと》天皇七年（六六一）一月、西へ向かって海路に就く。途中、伊予の熟《にぎ》田津《たつ》にある石湯《いはゆ》の行宮《あんぐう》（仮の宮殿）に宿泊する。このとき、天皇は昔と同じ風物をご覧になって、当時のことを思い出して愛惜の情が起こる。それで歌を詠まれた」

すなわち、この歌は天皇の御製である。ただし、額田王の歌は別に四首ある。

◆万葉史観による案内

ここに出る飛鳥岡本宮天皇は通説では舒明《じょめい》天皇、後の岡本天皇は斉明天皇のこと。

左注は前半で、岡本《おかもと》天皇の伊予《いよ》行幸に触れる。

『類聚歌林』を持ち出して、次のように主張する。

「飛鳥岡本宮天皇一年と九年十二月に天皇と皇后が伊予へ行幸した」

この歌は万葉史観で解釈できるが、万葉史観では『歌林』の引用は注意が必要だ。ここもそうだ。『日本書紀』と比べてみる。舒明紀舒明十一年（六三九）十二月――十二年四月の記事だ。

「(舒明十一年) 十二月己巳朔壬午、伊予《いよ》の温湯《ゆ》の宮《みや》に幸《いでま》す。
是の月、百済《くだら》川の側に、九重の塔を建つ。
十二年春二月戊辰朔甲戌、星が月に入る。
夏四月丁卯朔壬午、天皇は伊予《いよ》より至り、便《さら》に廐坂宮《うまやさかのみや》に居《おは》す」

『日本書紀』には、岡本天皇（舒明《じょめい》）は舒明十一年（六三九）十二月十四日に伊予へ行幸したとあるが、だれと行ったかについては書かれていない。左注編者は『書紀』を読んでいるのに、どうして皇后が同行したなどと、『書紀』と合わない情報を紹介したのだろうか。

想像するに、左注の狙いは、岡本天皇と皇后が過去にいっしょに伊予へ行ったという事実を作ることにあった。理由は左注の後半にある。左注後半を、『書紀』の事実に合わせると次のようになる。

八番歌が詠われたのは斉明七年（六六一）のこと。『日本書紀』によれば、唐《とう》と新羅《しらぎ》に攻められて落城寸前の百済《くだら》を救援するために、斉明天皇は朝廷挙げて軍船団を組んで難波を発った。したがって、航海は単なる物見遊山などではなかった。戦争を控えた慌ただしい中、斉明は筑紫遠征の途中で伊予の熟田津に立ち寄る。難波から筑紫への長旅で、あえて熟田津だけに途中停泊する。そこの風物を見て、当時を思い出し感愛の情がわいて歌を作った。

斉明にとっては熟田津が大切な地であったらしい。それなら、熟田津は斉明にとってどんな場所だったのか。ここにこそ、左注が天皇と皇后をいっしょに伊予へ行幸させなければならなかった理由がある。

八番歌左注が引用する『類聚歌林』によれば、斉明は先の岡本天皇一年と九年に夫である岡本天皇と伊予へ行幸している。斉明にとっては、忘れられないほどすばらしい旅だったにちがいない。それで、戦争を控えた慌ただしい中、わざわざ熟田津に寄ったのだろう。愛する夫と過ごした楽しい日々を思い出して、感慨にふけりたかったのだろうか。あるいは、これからおこなう百済救援あるいは筑紫征討で死を覚悟して、それで感傷的になっていたのかもしれない。以前いっしょに来た、今は亡き夫をしのんで「哀傷《あいしょう》」して詠った。

左注の説明からは、このように理解できるのだが、それだと八番歌の内容と合わない。八番歌は船出を威勢よく歌い上げているのだ。

左注はけっして、

「熟田津の船出の歌」

を解説したのではない。相当に文学音痴でも、こんなトンチンカンな歌の鑑賞はしない。

八番歌左注は、歌本体を離れてさらに勝手な解説を展開する。

「即ちこの歌は天皇の御製なり」

これにより、八番歌の作者を題詞の額田王から斉明天皇に変更して、じつは歌そのものを変更する。この一文によって、威勢のいい額田王の「船出」の歌とは関係のない斉明天皇作の哀傷歌の解説にすり替わったのだ。

「天皇、昔日より猶《な》ほ存《のこ》れる物を御覧《みそなは》して、当時忽《たちま》ちに感愛《かんあい》の情《じよう》を起こす。このゆゑに歌詠を製《つく》りて哀しみ傷む。即ち、この歌は、天皇の御製なり」

天皇が昔のことを想い出し、その縁《ゆかり》のものを目の当たりにして「感愛の情」が湧く。それで、歌を作って「哀傷」する。

これだけ見ても、左注のいう、

「即ちこの歌は天皇の御製なり」

という歌が、額田王の「熟田津の船出」の歌を指していないことは明白だ。

じっさい、八番歌はどう評価されているか。久松潜一《ひさまつせんいち》の『万葉秀歌』で見る。

「この御歌は船出の時の明るい心情もうかがわれるし、声調ものびのびしている。ただ第五句の『今はこぎいでな』には船出を指示するような点があるので、天皇の御歌らしくも見られる」（『万葉秀歌』）

これが一般的な解釈だろう。久松自身は「天皇御製」を否定はしていないが、天皇作とも断定しない。苦しい解釈をしているのが手に取るように伝わってくる。ふつうの感性なら、これほど威勢のいい歌を感傷的になって「哀傷」しない。哀傷というのは、人の死を悲しむことだ。明らかに左注の説明と合わない。

この左注は『類聚歌林』を引用しているので、万葉集の歴史観である万葉史観で読み解かなければならない。万葉史観は歌や題詞と整合させる必要はない。左注の解説にそのまま耳を傾ければいい。

八番歌の左注がいう、

「昔日より猶《な》ほ存《のこ》れる物を御覧《みそなは》し」

この「昔日」とは、岡本天皇一年、あるいは九年に夫婦そろって伊予に行幸したときのことだ。

左注が『歌林』を引用して、岡本天皇一年と九年の天皇と皇后同道の記事を差しこんだのは、このためだ。「感愛の情」に、以前に交わした歌の思い出も含まれているかもしれないが、この感情の高ぶりからして、いっしょに伊予を訪れた愛しい人を思って、としたほうがふさわしい。

と、ここまで読んで、読者の中に次のような疑問を持たれたかたもいるかもしれない。

「八番歌左注が八番歌以外の説明をしているとは断言できないではないか」

確かに、沢瀉久孝《おもだかひさたか》の「歌本文と左注をムリヤリ整合させる」解釈や、でなければ左注を無視するほうが大勢といっていい。しかし、通説がつねに正しいわけでない。八番歌左注は八番歌本体の解説でないとする研究者もいる。本書だけの主張では心もとないという読者に、大岡信《おおおかまこと》の『私の万葉集』（講談社文芸文庫）の一節を紹介する。

「この（八番歌）左注には理屈の合わないところがあります。『熟田津』の歌の内容は、どう読んでみても、『哀傷』とはいえないからです。斉明天皇がその種の歌を読んだことは十分にありうることですが、考えられるのはそれらの御製が万葉集には収録されなかったということです。一方、この額田王の歌は、熟田津からさらに西方九州筑紫へ向け船団が新たに再出発する時の、船出の鼓舞の歌の役目を果たしたものだったろうと思われます。個人の単なる叙情歌でも叙景歌でもないことは、『今は漕ぎ出でな』という力強い呼びかけの語調からも明らかで、額田王が、儀式的な行事の際、集団を代表して詠う公的使命を帯びたうたびとであったろうと推測されるのもこのためです」

大岡信は学者であると同時に詩人として知られる。その詩人の感性が、常識的な理屈を越えて出した結論がこれなのだ。

◆左注は書紀歌謡の解説だった

それなら、八番歌左注のいう哀傷歌はどこにあるのか。それがオドロキ！

左注のいう、

「天皇の御製なり」

の歌は、あろうことか『日本書紀』にあるのだ。

斉明七年、筑紫に遠征した斉明天皇は原因不明の死を遂げる。斉明の亡きがらは船で筑紫から難波へ搬送される。

このときに皇太子が斉明のために詠ったとされる、

「君が目を欲り」

の歌こそ、斉明が昔日を思って詠ったものなのだ。

もともとは斉明の歌だったものが、『日本書紀』に息子の皇太子歌として出てくる。斉明七年、筑紫で亡くなった斉明の亡きがらが難波に帰る途中に、皇太子が詠ったことにされてしまった。

その歌だ。『日本書紀』「斉明紀斉明七年（六六一）」の記事に出る。

冬十月癸亥朔己巳、天皇の喪《も》、帰《かへ》りて海に就《つ》く。是《こ》こに皇太子、一所《あるところ》に泊《と》まり、天皇を哀《あは》れむ。

乃《すなは》ち口号《こうがう》して曰《いは》く、

君《きみ》が目《め》の
恋《こ》ほしきからに
泊《は》てて居《ゐ》て
かくや恋《こ》ひむも
君《きみ》が目《め》を欲《ほ》り　（歌謡123）

あなたの目が
恋しいから
途中停泊したのだ
これほどまでに恋しく思うのは
あなたの目が見たいから

乙酉（の日）、天皇の喪、還《かへ》りて難波《なには》に泊《は》つ。

斉明天皇は百済救援のため、朝廷の主要部隊を引きつれて筑紫へ遠征する。しかし、朝鮮半島へ行くことなく、筑紫で不審死に見まわれる。斉明七年（六六一）のことで、皇太子が斉明の亡きがらを乗せて筑紫から難波へ搬送する途中の出来事として、この記事が出てくる。

記事の概要は次のようなものだ。

天皇の亡きがらを海路難波へ搬送した。この途中、皇太子は「一つ所」へ寄港して、亡くなった天皇を哀悼した。そのとき、思い浮かぶままに詠った。

「あなたの目が恋しくて船を停泊させたのに、それでもこれほどまでに恋しいのは、あなたの目を見たいからです」

皇太子は哀悼を済ませ、難波に向かって出港した。

以上が作歌の背景だ。

◆恋の歌を哀悼歌にする『書紀』編集者の文学センス

これを読んで、どんな感想を持つだろうか。直感的に、恋の歌だ。愛しい人をしのんで詠った、目の前にいない愛しい人を思って詠った。そう理解するのが自然だ。どう見ても、息子が亡くなった母親を詠う内容ではない。それは『書紀』編者も意識していたようだ。揚げ足を取られないように、歌に関する言葉にはじゅうぶんに注意を払っている。

「口号《こうごう》」は、心に思い浮かぶままに詠じること。「哀《あは》れみ」には、父母など身近な人の喪に服する意味がある。恋の歌といわれないために、イクスキューズできるように配慮しているのが分かる。が、これは少々やり過ぎだ。

『日本書紀』が記すように、これを息子である皇太子が母親の斉明をしのんだ歌だと仮定しよう。皇太子は亡くなった母親の目が見たくて、場所不明のある所に船を泊めた。見たくて見たくて仕方のない、仮喪《かりも》の状態にある母親の目を見るために船を停泊させたというのだ。

これは机上の話ではない。皇太子は仮の喪にあった母親の亡きがらといっしょの船に乗っている。にもかかわらず、母親の目を見たいという衝動から船をある港に寄港させた。それなら、母親の目を見たのだろうか。『書紀』の記事は、きわめて具体的な行動として描かれている。

直前の記事によれば、斉明天皇が亡くなったのは七月二十四日のこと。斉明は正式ではないが、喪の状態にあった。葬儀の準備もままならない中、二カ月あまり後の十月七日に筑紫を出発している。秋とはいえ、斉明の亡きがらは屍臭《ししゅう》が充満し、暴くどころではなかったはずだ。

そんな状況で、母親の目を見たいからといって、そのためにわざわざ途中寄港するだろうか。それより一刻も早く正式の御陵に埋葬しようとするのが自然の情だ。亡きがらの目をじっさいに見るためにわざわざ船を寄り道してまで寄港させる、どう考えてもありえない。文学の世界だからといっても、ありえないことはありえない。

「君が目を欲り」

この歌は、じっさいにはかなわない逢瀬《おうせ》を嘆いている。たとえそれが亡きがらであっても、目の前にいる愛しい人に対して詠うものではない。逢いたくても逢えない人を思って詠うものだ。遠く離れて会えない愛しい人を思う心情だ。息子が、亡くなったとはいえ目の前にいる母親を思って詠んだりはしない。

『日本書紀』が編集された当時、岡本天皇が皇后と伊予へ行幸したという事実と、その後に皇后が再び伊予を訪れて亡き天皇を思って詠ったという歌が、広く知られていたのではないか。この歌こそが、『書紀』の皇太子が斉明を思って作ったとする歌なのだが、それで『書紀』は舒明に伊予行幸をさせる必要に迫られて、舒明十一年に伊予へ行かせた記事を載せた。ただ、皇后が同道だと歌との関連であまりに生々しいので同行者を記載しなかった。それが『書紀』にある舒明紀十一年の伊予行幸記事の掲載事情だったのだろう。

これまでの想像が正しければ、斉明天皇は『日本書紀』の中でも愛しい人を思って歌を詠んだことになる。歌に詠んだ愛しい人が舒明天皇なら、これを皇太子が母親をしのんで詠ったとする必要はなかったはずだ。それこそありのままの作者名で歌を掲載した方がはるかに読者を感動させられたのではないだろうか。

万葉編者は、斉明天皇の歌を、『日本書紀』が中大兄《なかのおおえ》とする皇太子の歌として収録したことを容認できなかった。それで、同じ斉明七年の行幸のときに額田王が詠った八番歌左注で異議申し立てをした。これこそが八番歌左注の編集動機だ。万葉史観だ。

おわりに——万葉集とその時代

万葉集はわが国最古の文学作品に位置づけられている。四千五百首余りの歌が二十巻におさめられる、質量ともに優れた詩集として親しまれてきた。

その万葉集には名前の挙がる作者が何百人も出てくる。万葉集にしか登場しない人もいれば、歴史上の有名人もいる。実に様々な人々が思い思いの歌を詠《うた》っている。

わたしたち読者としては、作者の気持ちを思いながら、それも純粋に文学として歌を楽しむ。これはこれで正しい万葉集の鑑賞なのだろうが、作者としては不満かもしれない。

歌にこめた思いは、

「きれい、美しい」

「好きだ、きらいだ」

といった表向きの感情だけではない。万葉歌人は時どきの社会、政治状況に翻弄《ほんろう》され、そうした中で歌を作った。心の奥深くに潜む欲望、情念を詠っているのだ。

作者たちは、

「どうしてこれに気づかないのか」

こんなふうに歯がゆがっているのではないか。

ただ、表現があまりに上品なため、激しい感情も素朴で美しく映ってしまう。それで誤解にもとづく鑑賞が受けつがれてきたのだろう。

万葉集は仁徳朝（西暦三一三―三九九年）から天平宝字三年（七五九）までに詠《よ》まれた歌約四千五百余首を載せるが、本格的に詠われ出したのは舒明朝（六二九―六四一年）からだ。

この時代は素朴でおおらかなんてものではなかった。権謀術数渦巻く陰惨な時代だった。万葉びとはこの時代を生き抜いて、歌を詠んできた。

ここでは、万葉びとがくぐり抜けてきた時代を振り返る。

一、乙巳《いっし》の変《へん》（皇極四年＝六四五）

天皇家以上に権勢を誇った蘇我本家が、中大兄《なかのおおえ》（天智《てんじ》天皇）と中臣鎌足《なかとみのかまたり》（藤原鎌足）によって滅亡させられる。

二、有間《ありま》皇子謀反事件（斉明《さいめい》四年＝六五八）

有間は斉明天皇の弟である孝徳《こうとく》天皇の嫡子で、ポスト孝徳の有力者の一人。それで、ポスト孝徳を狙う斉明朝の皇太子によって死に追いやられる。蘇我赤兄《そがのあかえ》が斉明朝の失政をあげつらい、有間に謀反を持ち掛ける。これが罠で、まんまと引っ掛かった有間が謀反を決意するや、赤兄が紀の温湯《きのゆ》に行幸中の斉明に通報する。それを待っていたかのように、有間は紀の温湯へ引き立てられ、皇太子によって死をたまわる。死に臨んで自ら傷む歌を詠んで、これが万葉名歌で知られる。

三、斉明天皇の西征 (斉明七年＝六六一)

斉明天皇が西征中に筑紫で急逝する。通説では、唐・新羅連合軍に攻められた百済救済が目的とされる。筑紫に向かう途中、伊予の熟田津《にぎたつ》に寄港、出港に際して額田王が詠んだ歌が有名。

四、壬申《じんしん》の乱《らん》 (天武一年＝六七二)

天智《てんじ》天皇の崩後、ポスト天智を、天智の嫡子である大友《おおとも》皇子と、大海人《おおあま》皇子が争った戦争。大海人が勝利、天武《てんむ》天皇として即位する。

壬申の乱は大事件だっただけに、『日本書紀』に詳細な記事が載る。事件の記述に丸ごと一巻(巻二十八)が充てられている。この事件は万葉集にも載る。壬申の乱で活躍した天武の長男の高市《たけち》皇子の挽歌に詳しい。柿本人麻呂《かきのもとのひとまろ》の作で、長歌(巻二の一九九番歌)は万葉集で最も長い。

五、大津《おおつ》皇子謀反事件（朱鳥一年＝六八六）

大津皇子は、天武天皇の第三子ながら、皇位継承順位は草壁《くさかべ》皇子に次ぐ第二位。しかし、最有力皇位継承者である草壁は病弱、一方、大津は文武《ぶんぶ》に優れ周囲は大津の即位を期待したという。このため草壁の母親である持統《じとう》天皇が謀反を理由に自害に追いやる。大津も死に臨んで自傷歌を残している。大津と有間皇子の死は、万葉集の二大悲劇とされる。

六、平城遷都（和銅三年＝七一〇）

舒明朝から持統朝まで、天智朝の近江宮を除いて宮殿はすべて飛鳥にあった。持統のときに飛鳥から藤原京へ遷《うつ》り、さらに元明《げんめい》天皇のときに平城京へ遷る。平城遷都は藤原不比等が強引に進めたようで、元明は気乗りがしないというか、不安だった。元明の不安を示唆する歌が巻一の七六番歌で、これに続けて元明を励ます御名《みな》部《べ》皇女の歌が載る。

平城遷都を境に、天皇家（元明、元正天皇）と不比等の関係が冷えていく。

七、長屋王《ながやおう》の変《へん》（天平一年＝七二九）

平城遷都してから、元明天皇は藤原氏を牽制する意味もあって、長屋王を昇進させる。このため、長屋王と藤原氏の力関係が拮抗、ことごとく対立することになる。

両者の関係が決定的に悪くなったのが、聖武天皇の光明《こうみょう》皇后の母親である県犬《あがたいぬ》養橘《かいのたちばなの》三千代《みちよ》の称号問題。神亀一年（七二四）に聖武が天皇になったことから光明子が皇后となる。藤原氏と聖武天皇は三千代を「大夫人」と呼ぶことにする。大夫人が皇后の母親の正式称号だからだが、長屋王がこれに反対する。

「大夫人は皇后が皇族の場合。臣下の出は皇太夫人となる」

これが正論だったため、藤原氏側は折れざるをえなかった。それでもカチンときた藤原氏は、長屋王を葬りさるチャンスをうかがう。神亀四年（七二七）に光明皇后は皇子を生むが、一年もしないで亡くなる。これに危機感を持った藤原氏サイドは長屋王の抹殺を決断、長屋王が邪教で謀反を計ったとして、長屋王を自殺に追いこむ。これが長屋王の変。

八、天然痘による藤原四兄弟の死（天平九年＝七三七）

藤原不比等がなくなると、その息子の四兄弟が権力をにぎる。兄弟は政敵である長屋王を屠《ほふ》って権力基盤を盤石なものにする。ところがそれから八年後、四兄弟全員が天然痘で亡くなる。人々は長屋王の祟《たた》りだと噂《うわさ》した。これにより、藤原氏は権力の座から下りる。藤原四兄弟は武智麻呂《むちまろ》、房前《ふささき》、宇合《うまかい》、麻呂《まろ》。

九、藤原広嗣《ふじわらのひろつぐ》の乱《らん》（天平十二年＝七四〇）

藤原四兄弟に代わって政治を担ったのが橘諸兄《たちばなのもろえ》。諸兄は藤原氏を遠ざけ、唐から帰国した吉備真備《きびのまきび》と玄昉《げんぼう》を重用する。これに腹を立てたのが藤原広嗣。藤原宇合《ふじわらのうまかい》の長男で、大宰少弐として赴任した筑紫で朝廷に反旗を翻して、逆に討たれる。

十、橘奈良麻呂《たちばなのならまろ》の乱《らん》（天平宝字一年＝七五七）

藤原仲麻呂が光明太上皇后をバックに権力をほしいままにする中、聖武太上天皇、橘諸兄が相次いで亡くなる。これに危機感を抱いた諸兄の子奈良麻呂は、長屋王の子ども黄文王《きぶみ》（母親は不比等の娘）や大伴古麻呂《おおとものこまろ》、佐伯全成《さえきのまたなり》らと謀反を企て、これが発覚して大粛清をされる。捕らえられた多くが拷問などで亡くなった。

以上が万葉集に歌が載る時代の事件。もちろん、すべての事件が歌に詠まれているわけではない。それでも、事件にかかわった人たちの歌は万葉集に取り上げられる。直接事件を詠んでいなくても、事件を忘れることはなかっただろう。彼らは事件をどう受け取り、その後の人生を生きたのか。

大伴氏もかかわった橘奈良麻呂の乱から二年後の天平宝字三年（七五九）、大伴家持の歌を最後に万葉集は終焉《しゅうえん》を迎える。わが国のすぐれた文学作品である万葉集は、社会に、政治に、時代に翻弄《ほんろう》され続けた。

◆万葉年表（上段の歌番号欄の番号は万葉集に載る事件関連歌）

歌番号			記事
飛鳥が舞台			
	皇極4年6月	645	乙巳《いっし》の変《へん》
二 141-142	斉明4年11月	658	有間皇子謀反で縊死《いし》　有間の自傷歌
一 8	斉明7年1月	661	斉明天皇の西征
	天武1年6月	672	壬申の乱
三 416	朱鳥1年10月	686	大津皇子が死をたまう
ここから藤原京			
二 199-201	朱鳥10年7月	696	高市皇子死す
三 267	このころ		志貴皇子のむささびで処世を詠う
一 76-77	和銅1年	708	元明天皇の不安、御名部皇女の励ましの歌
ここから平城京			
一 78	和銅3年2月	710	元明天皇の藤原宮から寧楽宮へ遷る時の歌

	和銅3年3月	710	平城遷都　元明天皇
	霊亀2年	716	安宿媛《あすかべ》（光明《こうみょう》皇后）、首皇子《おびと》（聖武天皇）の妃となる
	このころ		県犬養広刀自《あがたいぬかひのひろとじ》（安積親王母）も入内《じゅだい》
	養老1年	717	安宿媛が阿倍《あべ》皇女（孝謙《こうけん》天皇）を生む
	養老2年	718	養老律令各十巻を撰定
	養老2年	718	長屋王、大納言に任ぜられる
	養老4年5月	720	日本書紀撰上
八 1606-1607	養老4年8月	720	藤原不比等没
	養老5年	721	長屋王、右大臣に任ぜられる
八 1637-1638	神亀1年2月	724	長屋王、左大臣となる。このころ長屋王邸新築
	神亀1年2月	724	首皇子即位（聖武天皇）
	神亀1年3月	724	藤原夫人（橘三千代）称号問題で長屋王と藤原氏と対立
	神亀4年9月	727	安宿媛（光明子）が基王《もとい》（皇太子）を生む
	神亀5年	728	県犬養広刀自が安積《あさか》皇子を生む

神亀5年9月	728	基王が1歳で亡くなる	
天平1年2月	729	長屋王の変	三 441-442
天平1年8月	729	安宿媛（光明子）が皇后となる。光明皇后	
天平2年1月	730	大宰師大伴旅人宅の宴会で、梅花を詠んだ歌三十二首が作られる	三 343-344・348
天平3年8月	731	藤原宇合《うまかい》、麻呂とともに参議	
天平8年11月	736	諸兄《もろえ》（葛城王《かずらき》）臣籍降下して橘宿祢《たちばなのすくね》姓を賜わる	六 1009-1010
天平9年	737	天然痘で不比等の四子が亡くなる	
天平9年9月	737	橘諸兄大納言となる。長屋王弟の鈴鹿王は知太政官事	
天平10年1月	738	阿倍皇女が皇太子となる	
天平10年1月	738	阿倍皇女立太子で諸兄右大臣、正三位となる	
天平12年9月	740	藤原広嗣《ふじわらのひろつぐ》の乱。聖武の放浪の始まり	
天平16年1月11日	744	活道岡《いくじのおか》に集ひて飲せし歌二首（市原王、大伴家持作各一首）	六 1042-1043
天平16年1月13日	744	安積《あさか》皇子急死。17歳	
天平16年2月3日	744	安積皇子の薨《こう》じて大伴家持の作る歌六首（三首）	三 475-477

三 478-480	天平16年3月24日	744	同（三首）
十七 3922	天平18年1月	746	橘諸兄が諸王臣とともに元正太上天皇の御在所に参じ、応詔歌を詠じる
	天平勝宝1年7月	749	聖武天皇譲位、安倍内親王即位（孝謙天皇）
	天平勝宝4年4月	752	聖武太上天皇東大寺行幸。大仏開眼供養
	天平勝宝8年2月	756	藤原サイドの讒言《ざんげん》で橘諸兄が失脚
	天平勝宝8年5月	756	聖武太上天皇没
	天平宝字1年1月	757	橘諸兄没
	天平宝字1年5月	757	藤原仲麻呂が紫微《しび》内相に。養老律令施行される
	天平宝字1年7月	757	橘《たちばなの》奈良麻呂《ならまろ》の乱。奈良麻呂、大伴古麻呂ら処刑される
八 1656-1657	天平宝字2年2月	758	許可なく集まり飲酒することを禁じる勅令が発せられる
	天平宝字2年8月	758	淳仁《じゅんにん》即位
	天平宝字2年8月	758	藤原仲麻呂が右大臣に、恵美押勝《えみのおしかつ》の名を賜わる
二十 4516	天平宝字3年正月	759	大伴家持の因幡国庁正月宴の歌（万葉集最後の歌）

資料

人物プロフィル

県犬養石次《あがたいぬかいのいわすき》＝右少弁、少納言などを歴任。阿倍帯麻呂《あべのおびまろ》が殺人事件を起こしたときに、事件の審理をちゃんとやらなかったことで処分された。天平十四年（七四二）に亡くなる。ときに参議左京大夫、従四位下だった。

県犬養橘三千代《あがたいぬかいのたちばなのみちよ》＝県犬養東人《あがたいぬかいのあずまひと》の娘。最初、美努王《みぬ》と結婚して橘諸兄《たちばなのもろえ》を生む。その後に藤原不比等《ふじわらのふひと》と再婚して聖武《しょうむ》天皇の皇后、光明子《こうみょうし》を生む。不比等の権力掌握を陰で支えた。万葉集に一首が残る。

阿倍内麻呂《あべのうちまろ》＝阿倍倉梯麻呂《あべのくらはしまろ》に同じ。

阿倍帯麻呂《あべのおびまろ》＝美作の守だった天平七年（七三五）、四人を殺害するという事件を起こす。本人は提訴されるが、これが審理されなかったことで歴史に名前が残った。

阿倍倉梯麻呂《あべのくらはしまろ》＝孝徳《こうとく》朝の左大臣。娘の小足媛《おたらしひめ》が孝徳天皇の妃になり、有間皇子《ありま》を生む。

有間皇子《ありま》＝孝徳《こうとく》天皇の嫡子。母は阿倍倉梯麻呂《あべのくらはしまろ》の娘の小足媛《おたらしひめ》。斉明三年（六五七）、蘇我赤兄《そがのあかえ》の甘言に乗せられ謀反を謀り、斉明《さいめい》朝の皇太子に死をたまわる。悲劇のヒーローとして知られる。万葉集に自分の死を傷んで作った歌二首が残る。

安藤昌益《あんどうしょうえき》＝江戸時代の思想家。農業の惨状から儒教を否定、共産主義的考えを唱えるようになる。

石川女郎《いしかわのいらつめ》＝石川郎女とも表記する。「恋の章・恋愛ゲーム」P125参照。

板茂安麻呂《いたもちのやすまろ》＝美作の守だった阿倍帯麻呂《あべのおびまろ》が天平七年（七三五）、四人を殺害するという事件を起こす。安麻呂はこの事件の審理を担当するが果たさず、処分される。天平二年（七三〇）の大伴旅人邸の梅花の宴で歌を詠んでいる。

そのときの署名は「壱岐の守、板氏安麻呂《はんしのやすまろ》」。万葉集に歌一首が残る。

市原王《いちはら》＝安貴王《あき》の子ども。春日王《かすが》の孫。大伴家持《おおとものやかもち》と親交が深かったようで、家持といっしょに作った「活道《いくじ》の岡に登り一株の松の下に集いて飲する歌二首」をはじめ万葉集に八首が残る。

大網人主《おおあみのひとぬし》＝万葉集に歌が一首残るだけで、詳細は不明。

大岡信《おおおかまこと》＝詩人、評論家。東京芸術大学名誉教授。朝日新聞に連載の『折々の歌』で菊池寛賞を受賞。（一九三一―）

大海人皇子《おおあま》＝天武《てんむ》天皇と同じ。

邑知王《おおち》＝長《なが》皇子の息子、天武《てんむ》天皇の孫。文室真人《ふんやのまひと》姓をたまわる。大納言を辞めた後の宝亀十一年（七八〇）に亡くなる。時に正二位。万葉集に歌は残らない。

大津皇子《おおつ》＝天武《てんむ》天皇の第三子。母は大田《おおた》皇女。文武《ぶんぶ》に優れ、周囲からは天武の後継者と見られていた。ただ、天武《てんむ》の後継者は天武の第二子の草壁《くさかべ》皇子（母親は持統天皇）で、草壁の即位を願う持統《じとう》天皇の策謀で死に追いやられる。有間《ありま》皇子と並ぶ悲劇の主人公として知られる。万葉集に四首が残る。

大友皇子《おおとも》＝天智《てんじ》天皇の嫡子。母は伊賀宅子娘《いがのやかこのいらつめ》。天智崩後の皇位継承で、大海人《おおあま》皇子（天武天皇）と壬申《じんしん》の乱《らん》を戦って敗れる。日本書紀では大海人が皇太子となっているが、天智朝末期は大友が皇太子だったようだ（【系図1】P220参照）。

太徳太理《おおのとこたり》＝天平十八年（七四六）の元正太上天皇の雪かき奉仕に参加、このとき従五位下。万葉集に歌は載らない。

大伴郎女《おおとものいらつめ》＝大伴旅人《おおとものたびと》の妻。旅人が筑紫へ左遷されたときに同行、筑紫で亡くなる。万葉集に歌は残らない。

大伴坂上郎女《おおとものさかのうえのいらつめ》＝大伴安麻呂《おおとものやすまろ》と石川内命婦《いしかわのうみょうぶ》との間に生まれる。万葉時代を代表する才媛として知られる。多くの男性、それも一流の男性に愛されたことから、その美貌のほどが分かる。最初に天武《てんむ》天皇の子どもの穂積《ほづみ》皇子と結婚、皇子の死後は藤原不比等《ふじわらのふひと》の息子四兄弟の一人麻呂《まろ》と恋愛関係にあった。大伴宿奈麻呂《おおとものすくなまろ》と結婚して大伴坂上大嬢《おおとものさかのうえのおおおとめ》、大伴坂上二嬢《おおとものさかのうえのふたおとめ》を生む。坂上大嬢は大伴家持《おおとものやかもち》の妻（【系図2】P221参照）。坂上郎女は、旅人の妻の大伴郎女《おおとものいらつめ》が筑紫で亡くなると、異母兄弟の旅人の世話をするために筑紫へ行き、旅人とともに帰京している。歌に優れ、家持が若いころから歌を師事した。家持にとっては歌の先生的存在だったようだ。万葉集に短歌、長歌、旋頭歌合わせて八十首以上を残す。

【系図1 大友皇子《おおとも》】

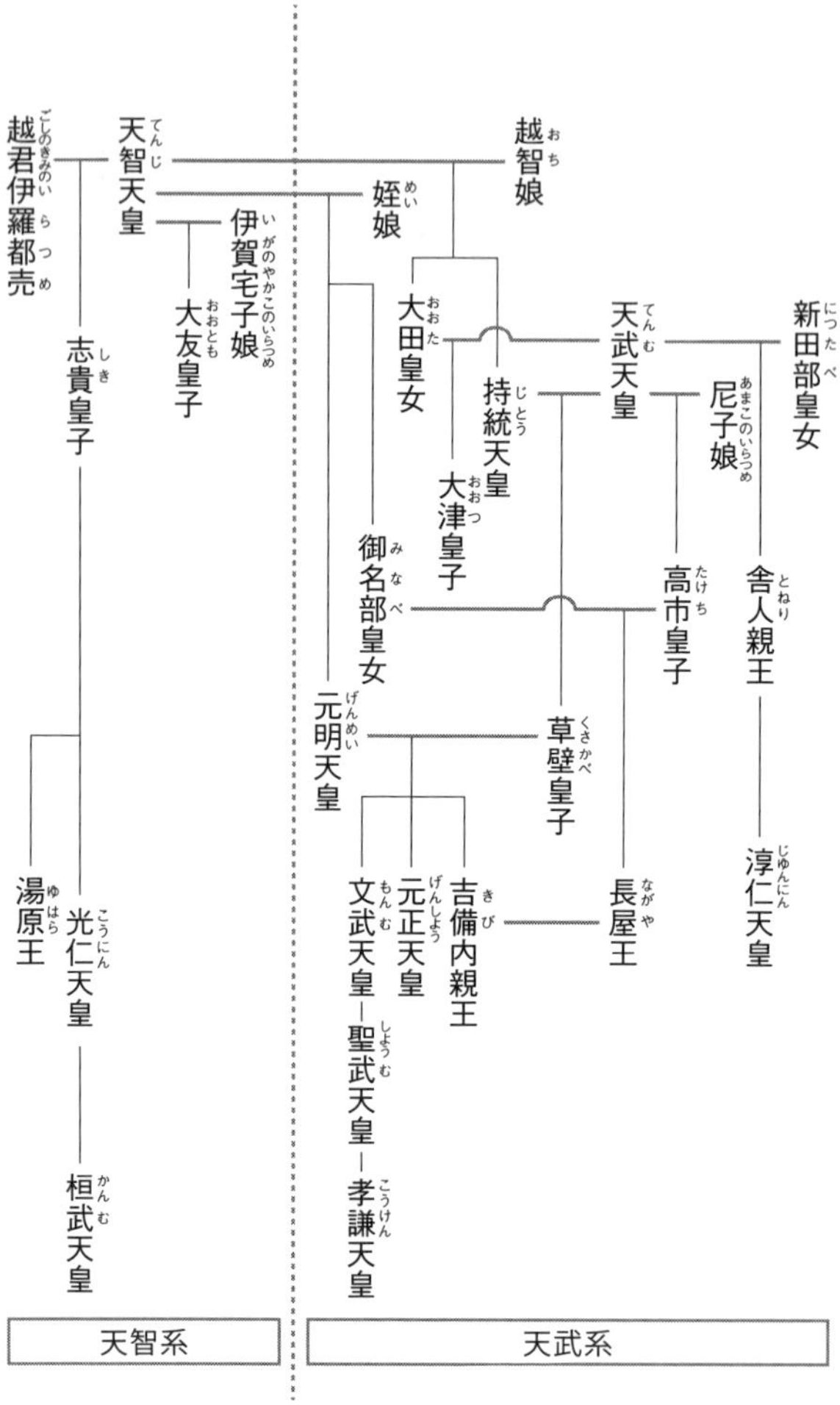

【系図2 大伴坂上郎女《おおとものさかのうえのいらつめ》】

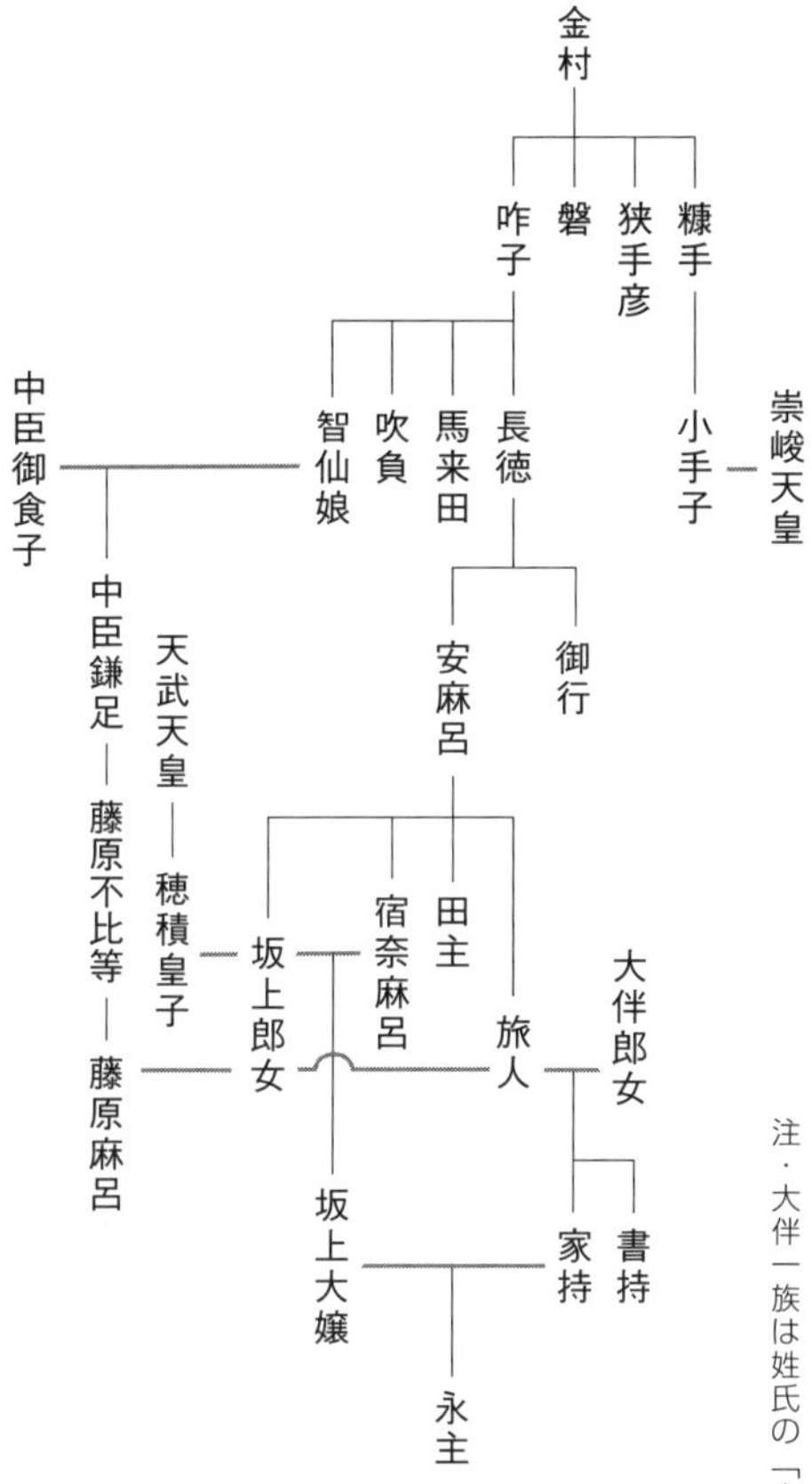

注・大伴一族は姓氏の「大伴」を省略

大伴坂上大嬢《おおとものさかのうえのおおおとめ》＝大伴宿奈麻呂《おおとものすくなまろ》と大伴坂上郎女《おおとものさかのうえのいらつめ》の間に生まれる。大伴家持《おおとものやかもち》の妻、大伴坂上二嬢《おおとものさかのうえのふたおとめ》の姉。万葉集に十一首が残るが、すべて家持に宛てたもの。

大伴牛養《おおとものうしかい》＝大伴吹負《おおとものふけい》の子ども。遠江の守、左衛士督などを歴任。天平十七年（七四五）に紫香楽《しがらき》宮の元旦に楯桙を立てる。これにより、従三位に叙せられる。天平十八年（七四六）の元正《げんしょう》太上天皇の雪かき奉仕に参加。天平感宝一年（七四九）に亡くなる。中納言正三位。歌は残らない。

大伴佐提比古《おおとものさでひこ》**（狭手彦）**＝継体《けいたい》天皇の即位で活躍する大伴金村《おおとものかなむら》の子ども。新羅《しらぎ》が任那《みまな》を侵略したとき朝鮮へ派遣されて任那を救った。そのときの松浦佐用姫《まつらさよひめ》との悲恋が有名。万葉集に悲恋の歌は残るが、本人作はない。

大伴宿奈麻呂《おおとものすくなまろ》＝大伴安麻呂の三男。大伴旅人、田主の弟。大伴家持の妻、大伴坂上大嬢の父親。

大伴田主《おおとものたぬし》＝大伴旅人の弟。「恋の章・恋愛ゲーム」P125参照。

大伴旅人《おおとものたびと》＝父は大伴安麻呂《おおとものやすまろ》、母は巨勢郎女《こせのいらつめ》。大伴家持《おおとものやかもち》の父親であり、優れた万葉歌人として知られる。もともと武門の名門で知られる大伴家の当主。藤原氏と対立する皇親派の長屋《ながや》王に近かった。長屋王が右大臣になった神亀一年（七二四）に正三位、神亀五年（七二八）に中納言で大宰府長官を兼務して筑紫へ赴任する。筑紫赴任中の天平一年（七二九）に長屋王《ながやおう》の変《へん》が起こる。翌年、大納言に昇任して帰京する。天平三年（七三一）に亡くなる。ときに大納言従二位だった。長短歌七十首以上が万葉集に残る。『懐風藻《かいふうそう》』にも詩一首が載る。

大伴道足《おおとものみちたり》＝父親は、大伴安麻呂《おおとものやすまろ》と大伴馬来田《おおとものまくた》の二説がある。通説では、安麻呂の子で、大伴旅人の弟とされる。参議まで上るが、阿倍帯麻呂《あべのおびまろ》の殺害事件を審理せずに責任を問われている。

大伴家持《おおとものやかもち》＝大伴旅人《おおとものたびと》の子ども。大伴家の当主。万葉集の最終編者とされる。藤原氏と距離を置いていたようで、皇親派の橘諸兄《たちばなのもろえ》に近かった。諸兄が権力の座を降りるとポスト的に恵まれなかった。延暦一年（七八二）に氷上《ひかみ》川継《かわつぐ》の事件に連座して、春宮大夫を解かれるが、その年に復帰して参議従三位になる。延暦四年（七八五）に亡くなる。ときに中納言従三位で春宮大夫も兼ねていた。死後一カ月で、大伴氏も関係する藤原種継《ふじわらたねつぐ》暗殺事件が起こり、家持は死んでいるにもかかわらず連座に問われる。息子の永主《ながぬし》は配流される。踏んだり蹴ったりの大伴本家だが、大同一年（八〇六）に桓武《かんむ》天皇崩御の日に遺詔によって従三位に復された。万葉集には最多の歌を残す。調べるのもままならないくらい多く、長歌、短歌、旋頭歌合わせて四百五十首以上を数える。

岡本天皇《おかもと》＝舒明《じょめい》天皇に同じ。

小足媛《おたらしひめ》＝孝徳《こうとく》天皇の妃として有間《ありま》皇子を生む。父親は阿倍倉梯麻呂《あべのくらはしまろ》。孝徳は藤原鎌足《ふじわらのかまたり》の実力を高く買って、自分の妃を鎌足に与える。この妃が小足媛とされるが、真相は不明。

小田王《おだ》＝大蔵大輔や因幡守などを歴任、天平勝宝一年（七四九）に正五位上。天平十八年（七四六）の元正太上天皇の雪かきに参加しているが、歌は残らない。

小野老《おののおゆ》＝天平二年（七三〇）の大伴旅人邸の梅花の宴で歌を詠んでいる。万葉集に三首が残るが、そのうちの「あおによし寧楽の京は咲く花のにほふがごとく今さかりなり」は有名。天平九年（七三七）に亡くなる。ときに大宰大弐従四位下。

小野綱手《おののつなて》＝天平十八年（七四六）に上野の守、内位《ないい》従五位下。ここに出る「内位」は努力でなく、家柄で与えられる冠位のこと。元正太上天皇の雪かきに参加するが、歌は残らない。

沢瀉久孝《おもだかひさたか》＝国文学者、京大教授。『万葉集注釈』で知られる万葉学者。（一八九〇—一九六八）

折口信夫《おりくちしのぶ》＝国文学者、民俗学者、歌人。国学院大、慶応大教授。『折口信夫全集』がある。（一八八七—一九五三）

小治田諸人《おわりだのもろひと》＝天平十八年（七四六）の元正《げんしょう》太上天皇の雪かきに参加、歌は残らない。この年、内位《ないい》従五位下。

鏡《かがみ》王女＝文献的に事実とされるのは、天武十二年（六八三）に天武《てんむ》天皇が病気の王女を見舞ったという『日本書紀』の記事くらい。万葉集には藤原鎌足《ふじわらのかまたり》との贈答歌がある。鎌足の正室、天智《てんじ》天皇の妃、額田《ぬかた》王の姉ともされる。万葉集に四首、重出歌を入れると五首残る。

柿本人麻呂《かきのもとのひとまろ》＝万葉集を代表する歌人。天皇の行幸に従駕《じゅうが》して歌を作っている。天皇を詠った歌もあるが、それ以上に皇子や皇女のために歌を作っている。旅や旅先で見かけた庶民も詠っているが、宮廷にまつわる歌に秀作が多いことから宮廷歌人ともいわれる。宮廷歌人とされるのに、歌以外のプロフィルはほとんど分かっていない。確実に人麻呂が作った歌は万葉集に八十九首ある。このほか、「柿本人麻呂歌集」から採った歌が三百七十首あるが、これらが人麻呂とどう関係するのかは定かでない。

笠金村《かさのかなむら》＝柿本人麻呂《かきのもとのひとまろ》と同じように、宮廷歌人といわれる。天皇行幸に従駕して歌を作ったり、皇子の死を悼む歌を作っている。活動時期は霊亀年間（七一五―七一六）～天平年間（七二九―七四八）にわたる。柿本人麻呂と同様、プロフィルはほとんど分からない。三十首が万葉集に残る。金村も「笠金村歌集」があって、ここから十六首が採られている。

香取娘子《かとりおとめ》＝原文は可刀利乎登女《かとりおとめ》。歌の中に出てくるだけで、素性はまったく分からない。

軽《かる》**皇子**＝孝徳《こうとく》天皇に同じ。

軽《かる》**（珂瑠）皇子**＝文武《もんむ》天皇に同じ。

河島《かわしま》**皇子**＝川島皇子とも表記される。天智《てんじ》天皇の子ども。天武《てんむ》天皇が主催した草壁皇子《くさかべ》のための吉野の盟約に、天智の皇子ながら参加している。草壁の母親である持統《じとう》天皇の意を受けてか、草壁の皇位継承ライバルの大津《おおつ》皇子を裏切って、大津を死に追いやった。

紀男梶《きのおかじ》＝詳細は本文「闘の章」P149参照。

紀清人《きのきよひと》＝詳細は本文「闘の章」P149参照。

吉備《きび》**内親王**＝長屋王妃。父親は草壁皇子、母親は元明天皇。文武天皇、元正天皇の妹。吉備の関係で、長屋王とその子どもたちは天皇の子ども（親王、内親王）と同格に遇され、嫡子の膳夫《かしわで》王は有力な皇位継承者と目され、これを恐れた藤原氏によって、長屋王と吉備内親王、さらに子どもも自害に追い込まれた。本文「おわりに」万葉事件一覧の長屋王の変P211参照。

黄文王《きぶみ》＝長屋王と藤原不比等の娘との間に生まれる。長屋王の変では、吉備内親王の血は一掃されるが、不比等の娘の子どもは助かる。反藤原の橘奈良麻呂が黄文王を皇位に就けようとしたが果たせなかった。橘奈良麻呂の乱というが、これにより黄文王も命を絶つことになる。

草壁《くさかべ》**皇子**＝天武《てんむ》天皇の第二子にして嫡子。母親は持統《じとう》天皇。天武には十人の息子がいて、第一子は高市《たけち》皇子、第二子が草壁、第三子が大津《おおつ》皇子。実力者はこの三人だが、高市は母親が天皇の子どもではないことから皇位継承から遠かったようだ。ライバルは草壁と大津で、嫡子として遇されていたのは草壁。ただ、草壁が病弱だったのに対し、大津は文武に優れてポスト天武の最有力と見られていたらしい。そのため、草壁の母親の持統は大津を謀略で殺害するが、草壁は即位しないまま早世してしまう。

契沖《けいちゅう》＝江戸時代の高名な万葉学者。『万葉代匠記《まんようだいしょうき》』を著す。

元正《げんしょう》天皇＝草壁《くさかべ》皇子と元明《げんめい》天皇の娘。聖武《しょうむ》天皇の叔母。元明から聖武へのつなぎの天皇として即位する。ここは持《じ》統《とう》―元明―元正と女性天皇が三代続く。持統は藤原氏と良好、元明が中立、元正は藤原氏と対立した。それで元正は皇親派の長屋《ながや》王と、長屋王亡きあとは橘諸兄《たちばなのもろえ》と組んで藤原氏と対峙した。長短歌八首が万葉集に残る。

元明《げんめい》天皇＝天智《てんじ》天皇の皇女。草壁《くさかべ》皇子の妃で、文武《もんむ》天皇、元正《げんしょう》天皇、吉備《きび》内親王の母。万葉集に四首が載る。

孝徳《こうとく》天皇＝斉明《さいめい》天皇の弟。有間《ありま》皇子の父親。孝徳は皇極《こうぎょく》天皇の後を継いで即位、それまでの飛鳥から難波へ遷都する。在位十年目にして、皇太子が飛鳥への遷都を進言するが受け入れず、逆に皇太子や皇后等が飛鳥へ移動、ひとり難波に残されて無念のうちに亡くなる。万葉集に歌は残らない。

光明《こうみょう》皇后＝聖武《しょうむ》天皇の皇后。父は藤原不比等《ふじわらのふひと》、母は県犬養橘三千代《あがたいぬかいのたちばなのみちよ》。三千代は不比等の前に美努《みぬ》王と結婚して橘《たちばなの》諸兄《もろえ》を生んでいる。皇后は皇子を生むが半年で亡くなる。そこで娘の阿倍《あべ》皇女（孝謙《こうけん》天皇）を強引に即位させることになる。そのために障害となる聖武のただ一人の男子、安積《あさか》皇子を亡き者としたとされる。万葉集に三首が残る。

巨勢朝臣《こせのあそみ》＝大伴安麻呂の妻、大伴田主の母。

巨勢奈弖麻呂《こせのなでまろ》＝造仏像司長官、民部卿兼春宮大夫などを歴任。天平勝宝五年（七五三）に亡くなる。ときに大納言従二位だった。天平十八年（七四六）の元正太上天皇の雪かきに参加。このときの歌は行方不明になっているが、万葉集には一首が残る。

斉明《さいめい》天皇＝通説では舒明《じょめい》天皇の皇后。皇極《こうぎょく》天皇が重祚《ちょうそ》して斉明になる。天智《てんじ》、天武《てんむ》の二人の天皇の母親。唐と新羅に攻められて滅亡寸前の百済救援の途中に筑紫で急死する。

坂上大嬢《さかのうえのおおおとめ》＝大伴坂上大嬢《おおとものさかのうえのおおおとめ》に同じ。

狭野茅上娘子《さののちかみのおとめ》＝詳細は本文「情の章・過激な火」P134参照。

志貴皇子《しき》＝本文「獣の章・処世術」P97参照。

持統天皇《じとう》＝天武《てんむ》天皇の皇后。父は天智《てんじ》天皇、母は蘇我《そがの》倉山田石川麻呂《いしかわまろ》の娘遠智娘《おちのいらつめ》。天武が亡くなったとき、息子の草《くさ》壁《かべ》皇子を即位させるために、ライバルの庶子大津《おおつ》皇子を無実とされる罪で死なせる。草壁が即位前に亡くなると、孫の軽《かる》皇子（文武《もんむ》天皇）のつなぎとして自分が即位する。万葉歌人として知られ、六首ながら有名な歌を残す。

聖武天皇《しょうむ》＝父は文武《もんむ》天皇、母は藤原不比等《ふじわらのふひと》の娘宮子《みやこ》。不比等と県犬養橘三千代《あがたいぬかいのたちばなのみちよ》の間に生まれた光明子《こうみょうし》を皇后とする。はじめは藤原氏ときわめて良好な関係にあったが、晩年は対立する。東大寺の大仏を造ったことで知られる。

松浦《しょうほ》**の仙媛**《せんえん》＝架空の仙人の娘。本文「夢の章」P141参照。長短歌十一首が万葉集に残る。

定恵《じょうえ》＝藤原鎌足《ふじわらのかまたり》の第一子。母親は車持国子《くるまもちのくにこ》の娘与志古娘《よしこのいらつめ》。僧として遣唐使に加わった。通説では定恵は孝徳《こうとく》天皇の妃が生んだ、孝徳の後落胤とされる。ただ、母親の名前が分かっているので、ちがうかもしれない。

舒明天皇《じょめい》＝斉明《さいめい》（皇極《こうぎょく》）天皇の夫。天智《てんじ》、天武《てんむ》の父。舒明作とされる歌六首が万葉集に載る。

仙覚《せんがく》＝万葉研究の草分けとして知られる鎌倉時代の学者。『万葉集註釈《まんようしゅうちゅうしゃく》』は万葉集の解説書として評価が高い。

蘇我赤兄《そがのあかえ》＝蘇我倉麻呂《そがのくらまろ》の子ども、蘇我馬子《そがのうまこ》の孫。斉明四年（六五八）、斉明《さいめい》天皇が紀の温湯へ行幸したとき留守官として京に残り、有間《ありま》皇子に斉明朝への謀反を唆す。これは斉明朝の皇太子の陰謀で、有間は死をたまわる。

村氏彼方《そんしのおちかた》＝壱岐の目《さかん》。天平二年（七三〇）に大伴旅人《おおとものたびと》宅であった梅花の宴で詠った歌一首が残る。

高丘河内《たかおかのかわち》＝養老五年（七二一）に長屋《ながや》王が選抜した首《おびと》皇太子（聖武《しょうむ》天皇）の教育係に、山上憶良《やまのうえのおくら》などとともにメンバーになっている。正五位下で大学頭まで務めた。天平十八年（七四六）に元正《げんしょう》太上天皇の西院の雪かき奉仕に参加、そのときの歌は残っていないが、二首が万葉集に載る。

高橋国足《たかはしのくにたり》＝天平十七年（七四五）に外位《げい》従五位下で造酒正兼内膳奉膳だった。外位は内位《ないい》とは反対に、名門外の人物が努力で手に入れる官位。天平十八年（七四六）に元正《げんしょう》太上天皇の雪かき作業に参加、歌は残らない。ただ、巻三の四八一―四八三歌群の作者「高橋朝臣」は名前がないので確定はできないが、役職が「奉膳の男子」とあることから国足ではないかという。もしそうなら、三首が残る。

高橋安麻呂《たかはしのやすまろ》＝天平七年（七三五）に阿倍帯麻呂《あべのおびまろ》の殺人事件で大伴道足らと担当する審理を放棄したという罪で処分されている（本文「闘の章」P149参照）が、すぐに許されると同十年（七三八）に従四位下となり、大宰大弐となっている。万葉集に一首残る。

橘《たちばなの》　諸兄《もろえ》＝奈良時代最後の皇親派のリーダー。母は県犬養橘美千代《あがたいぬかいのたちばなのみちよ》、父は美努王《みぬ》。葛城王《かずらき》を名のったが、臣籍降下して橘《たちばなの》宿禰《すくね》姓をたまわる。藤原不比等《ふじわらのふひと》の息子の四兄弟が天然痘でつぎつぎ亡くなり、これが藤原氏の陰謀で死に追い込まれた長屋王《ながや》の祟りではないかと朝廷を震撼させた。このため藤原氏は勢力を削がれ、これをきっかけにとんとん拍子に出世する。藤原氏と袂《たもと》を分かった聖武《しょうむ》天皇の晩年は、聖武と一体といっていいほど親密だった。天平宝字一年（七五七）に亡くなったとき、左大臣正一位だった。万葉集の編集に関わったという説もある。そうだとすると、諸兄が大伴家持《おおとものやかもち》の編集的バックアップをしたのかもしれない。諸兄作が確定している歌八首が万葉集に残る。

田辺福麻呂《たなべのさきまろ》＝天平二十年（七四八）に橘《たちばなの》諸兄《もろえ》の使いで越中の守として赴任中の大伴家持《おおとものやかもち》に会っている。このときの肩書きは造酒司令史だった。歌は十三首が残る。ほかに「田辺福麻呂歌集」があって、万葉集に三十一首が採られている。

智努王《ちぬ》＝長《なが》皇子の子ども。邑知王《おおち》の兄弟。文室真人《ふんやのまひと》の姓をたまわり、後に文室真人浄三《きよみ》を名のる。天平勝宝四年（七五二）に聖武《しょうむ》天皇大葬の装束司。従三位で出雲の守、伊勢奉幣使などを歴任して、宝亀一年（七七〇）に亡くなる。天平十八年（七四六）に元正太上天皇のための雪かきに参加、このときの歌は行方不明だが、万葉集に一首が残る。

張《ちょう》 氏福子《しのふくし》＝薬師《くすし》の肩書きで天平二年（七三〇）に大伴旅人《おおとものたびと》宅で開かれた梅花の宴に参加する。

土屋《つちや》文明《ぶんめい》＝東大教授。東大在学中から小説などを執筆。万葉集関連では『万葉集私注』などの著作がある。（一八九〇―一九九〇）

天智《てんじ》天皇＝父は舒明《じょめい》天皇、母は斉明《さいめい》天皇とされる。天智朝は天智一年（六六二）～天智十年（六七一）の十年間だが、はじめの六年は称制で即位したのは天智七年（六六八）。『日本書紀』が独裁的な権力を握ったかのように描く天智朝の実体は不透明だ。嫡子は大友《おおとも》皇子、娘に持統《じとう》天皇がいる。大友は壬申の乱で大海人《おおあま》皇子（天武天皇）に敗れる。

天武《てんむ》天皇＝父は舒明《じょめい》天皇、母は斉明《さいめい》天皇。通説では天智《てんじ》天皇の弟だが、史料的には兄弟でない可能性がある。天智の息子の大友《おおとも》皇子との天下分け目の決戦、壬申《じんしん》の乱《らん》（六七二）に勝利して即位する。天皇を名のった最初の天皇という説もある。皇后は持統《じとう》天皇、二人の間に草壁《くさかべ》皇子が生まれる。

十市《とおち》皇女＝父は天武《てんむ》天皇、母は額田《ぬかた》王。額田王は天武が大海人《おおあま》皇子時代に天智《てんじ》天皇の後宮に入ったとされる。これに合わせてか、十市は天智の息子の大友《おおとも》皇子と結婚する。葛野《かどの》王を生む。

中大兄《なかのおおえ》＝天智《てんじ》天皇に同じ

中臣鎌足《なかとみのかまたり》＝藤原鎌足《ふじわらのかまたり》に同じ

中臣清麻呂《なかとみのきよまろ》＝中臣意美麻呂《なかとみのおみまろ》の子ども、中臣東人《なかとみのあずまひと》の弟。尾張の守、神祇伯などを経て、大納言兼東宮傅。延暦七年（七八八）に亡くなる。ときに右大臣正二位だった。万葉集に五首が残る。

中臣宅守《なかとみのやかもり》＝詳細は本文「情の章・過激な火」P134参照。

長《ながの》意吉《おき》（奥）麻呂《まろ》＝文武《もんむ》天皇や持統《じとう》太上天皇の行幸に従駕して応召歌を作っている。宮廷歌人的な側面を持つが、本書で取り上げた「食の章・鮒」P48のような破格な歌も作っている。万葉集に十四首が残る。

長屋《ながや》王＝父は高市《たけち》皇子、母は御名部《みなべ》皇女。御名部は天智《てんじ》天皇の娘で、元明《げんめい》天皇とは同母の姉妹。元明は草壁《くさかべ》皇子妃で、二人の間に文武《もんむ》天皇、元正《げんしょう》天皇、吉備《きび》内親王の三人が生まれる。母親の関係からか、吉備内親王が長屋王に嫁いでいる。長屋王が活躍する元明、元正朝はともに女性天皇だったので、長屋王が臣下として最高権力の座についた。しかし、これが裏目に出て藤原氏から睨まれ、自殺に追い込まれる。長屋王一族は、吉備内親王とその子どももいっしょに死ぬが、藤原不比等《ふじわらのふひと》の娘とその子どもは助かる。長屋王を死に追いやったのは不比等の息子四兄弟だが、四人が四人とも天然痘で亡くなる。人々は長屋王の祟《たた》りだといい、これをきっかけにしばらく藤原氏は力を削がれる。長屋王は奈良時代の悲劇の主人公として知られる。

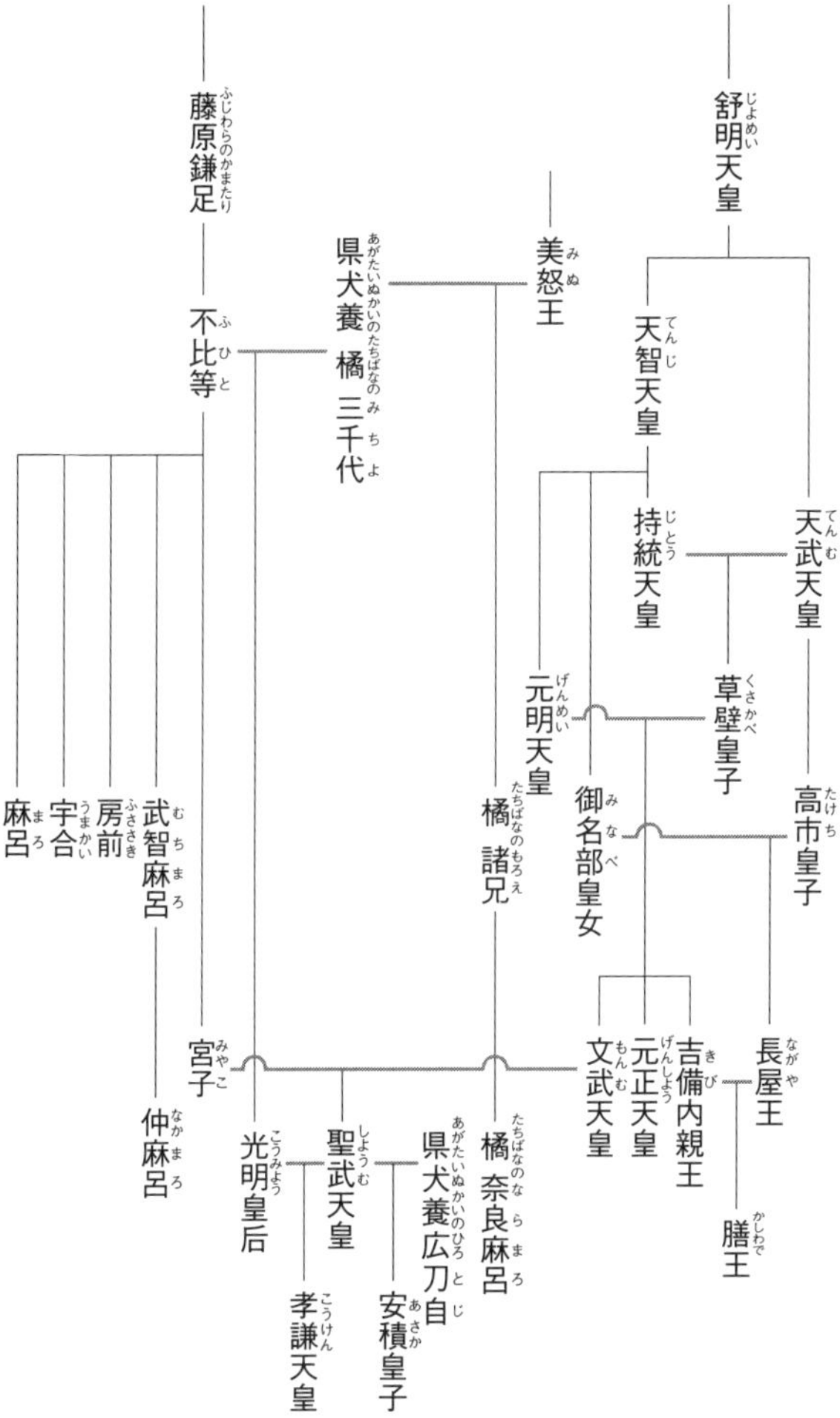

楢原《ならはらの》 東人《あずまひと》＝大宰大典、駿河の守などを歴任。正五位下で大学頭兼博士まで昇る。天平十八年（七四六）の元正《げんしょう》太上天皇への雪かき奉仕に参加する。万葉集に歌は残らない。

丹生《にう》女王＝天平勝宝二年（七五〇）に正四位になったとある。大伴旅人《おおとものたびと》と親しかったということ以外、どういう人物なのかは不明。万葉集に三首が残る。

額田《ぬかた》王＝万葉集を代表する歌人なのに、家族関係や経歴がはっきりしない。どんな家柄なのか分からないのに、時々の振るまい、行動は派手。大海人《おおあま》皇子（天武《てんむ》天皇）との間に十市《とおち》皇女を生み、その後に通説では天智《てんじ》天皇の後宮に入る。蒲生野の遊猟で大海人と不倫を仄めかす歌を交わしたり、天皇の行幸で歌を作ったり、天智への挽歌を詠んだり、皇子と歌をやりとりする。宮廷歌人的な側面を持つが、ほかの宮廷歌人たちよりは華やいだ立ち居振る舞いをしている。万葉集に十二首、重複歌を含めると十三首が残る。

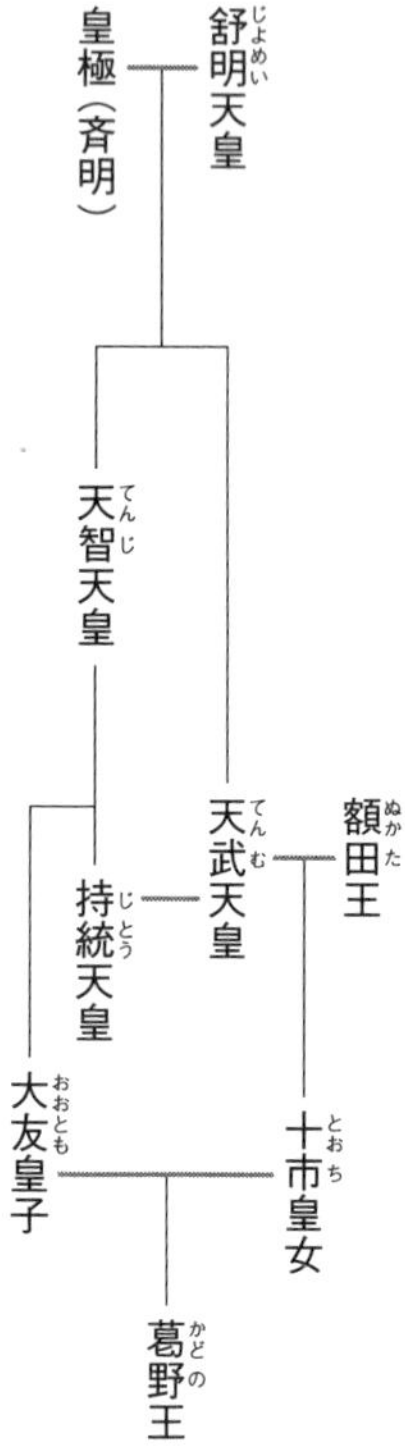

秦《はたの》 朝元《ちょうげん》＝詳細は本文「闘の章」P149参照。

林《はやし》 王＝林王は当時、二人存在した。従五位上までいった①林王、従四位下の②林王。天平十八年（七四六）の元正《げんしょう》太上天皇への雪かき奉仕の参加者として万葉集に記載される林王は、序列が従五位下なので、この時点で従四位下の林王②は別人ということになる。林王①は天平宝字五年（七六一）に従五位下から従五位上になっている。

万葉集に歌は残らない。ちなみに、林王②は山部真人《やまべのまひと》の姓をたまわっている。木工頭を務める。

久松潜一《ひさまつせんいち》＝東大教授。契沖の研究で知られる。『万葉秀歌』は万葉集の初心者に向いている。（一八九四―一九七六）

平賀源内《ひらがげんない》＝江戸時代の学者。蘭学や医学など科学全般に通じ、歌も作った。何にでも通じた天才。

葛井諸会《ふじいのもろあい》＝詳細は本文「闘の章」P149参照。

藤原鎌足《ふじわらのかまたり》＝父は中臣御食子《なかとみのみけこ》、母は大伴氏の智仙娘《ちせんのいらつめ》。子どもに不比等《ふひと》らがいる。皇極四年（六四五）、中大兄《なかのおおえ》（天智《てんじ》天皇）に協力して、蘇我蝦夷《そがのえみし》、入鹿《いるか》父子の蘇我本家を倒す。その後中大兄の懐刀として活躍する。万葉集に二首が残る。

藤原宿奈麻呂《ふじわらのすくなまろ》＝本文「恋の章・恋愛ゲーム」P125参照。

藤原俊成《ふじわらのとしなり》＝平安―鎌倉時代の歌人。『千載和歌集《せんざいわかしゅう》』の編者として知られる。『古来風躰抄《こらいふうていしょう》』を著す。永久二年（一一一四）生まれで元久一年（一二〇四）に没す。

藤原豊成《ふじわらのとよなり》＝藤原武智麻呂《ふじわらのむちまろ》の長子、藤原不比等《ふじわらのふひと》の孫。兵部卿、東海道鎮撫使などを歴任。右大臣だった天平宝字一年（七五七）、橘奈良麻呂《たちばなのならまろ》の乱《らん》にあたって謀反を知りながら報告しなかったため大宰員外帥に降格。天平宝字八年（七六四）に藤原氏の中心人物の藤原仲麻呂《なかまろ》が失脚すると右大臣に復帰する。仲麻呂とは関係がよくなく、仲麻呂が豊成の才能を妬《ねた》んで排除しようとしたという。従一位。天平十八年（七四六）の元正《げんしょう》太上天皇への雪かき奉仕に参加。歌は残らない。

藤原仲麻呂《ふじわらのなかまろ》＝藤原武智麻呂《ふじわらのむちまろ》の第二子。一説には藤原豊成《ふじわらのとよなり》とは同母兄弟。藤原氏の中心人物で、キングメーカーでもあった。淳仁《じゅんにん》天皇を即位させたのは仲麻呂で、淳仁が大炊《おおい》王時代に亡くなった息子の嫁と結婚させ、二人を自分の邸宅田村第に住まわせた。しかし、大炊に譲位した孝謙《こうけん》上皇が道鏡《どうきょう》を寵愛したことに腹をたて謀反を起こして斬首される。天平十八年（七四六）、元正《げんしょう》太上天皇への雪かき奉仕に参加、このときの歌は行方不明になるが、ほかに二首が残る。

藤原房前《ふじわらのふささき》＝父は藤原不比等《ふじわらのふひと》、母は蘇我武羅自古《そがのむらじこ》の娘娼子《しょうし》。参議、東海道山二道節度使などを歴任。天平九年（七三七）

に天然痘で亡くなる。これは藤原氏に亡ぼされた長屋王の祟りとされ、房前四兄弟すべてが亡くなった。薨《こう》じたときは「民部卿正三位」で、後に太政大臣を追贈される。大伴旅人《おおとものたびと》が丁重な手紙とともに日本琴を送っていることから、藤原四兄弟の中では関係が良好だったとされる。旅人に宛てた一首が万葉集に残る。

船王《ふね》＝舎人皇子《とねり》の子ども、天武《てんむ》天皇の孫。大宰帥、信部卿などを歴任。藤原仲麻呂《ふじわらのなかまろ》の乱に連座して隠岐へ流される。三首が万葉集に残る。

蓬客《ほうかく》＝さまよう人のこと。松浦川に遊ぶ作者として創作された。

乞食者《ほかいびと》＝天皇に食されるために上京する鹿と蟹の気持ちを詠う。

穂積老《ほづみのおゆ》＝式部大輔、大蔵大輔などを歴任。大蔵大輔のときに正五位上。天平十八年（七四六）の元正《げんしょう》太上天皇への雪かき奉仕に参加、このときの歌はないが二首が残る。

松浦佐用姫《まつらさよひめ》＝宣化《せんか》、欽明《きんめい》朝で朝鮮半島に遠征する大伴佐提比古《おおとものさでひこ》との悲恋で知られる。悲恋関連の歌が万葉集に残る。『肥前風土記』では弟日姫子《おとひめこ》。

文武天皇《もんむ》＝草壁皇子《くさかべ》と元明《げんめい》天皇の子ども。聖武《しょうむ》天皇の父親。

源　俊頼《みなもとのとしより》＝平安時代の歌人。『金葉集』を撰ぶ。『俊頼髄脳』を著す。天喜三年（一〇五五）生まれ、大治四年（一一二九）没。

三原王《みはら》＝舎人皇子《とねり》の子ども、天武《てんむ》天皇の孫。淳仁《じゅんにん》天皇の弟。治部卿、大蔵卿、中務卿などを歴任。天平勝宝一年（七四九）に正三位に叙せられたが、天平勝宝四年（七五二）に亡くなる。天平十八年（七四六）の元正《げんしょう》太上天皇の雪かき奉仕に参加、このときの歌はないが別の一首が載る。

安見児《やすみこ》＝天智《てんじ》天皇の采女《うねめ》。采女は天皇以外の男性との関係は禁じられていたが、藤原鎌足《ふじわらのかまたり》は采女の安見児《やすみこ》を娶《めと》った。その喜びを詠った歌が万葉集に残る。天智が鎌足の貢献を認めてたまわったのだろう。

山上憶良《やまのうえのおくら》＝渡来人の子どもという説もあるが不明。大宝一年（七〇一）に遣唐使少録として唐にわたる。養老五年

（七二一）、長屋王《ながや》が選任したと考えられる首皇太子《おびと》（聖武天皇《しょうむ》）の教育係のメンバーになる。大伴旅人《おおとものたびと》と同時期に筑紫へ赴任。旅人は大宰帥（九州長官）、憶良は筑前国司。このときの憶良のポストは今でいう県知事クラス、当時の日本は名門でなくても実力で知事になれた。万葉集の歴史案内である「類聚歌林《るいじゅうかりん》」は憶良の編集。万葉集に七十八首が残る。

山辺皇女《やまのべ》＝詳細は本文「死の章」P183参照。

雄略天皇《ゆうりやく》＝通説では中国の史書に登場する倭の五王、讃《さん》・珍《ちん》・斉《せい》・興《こう》・武《ぶ》の武とされ、日本列島五世紀の最高権力者ということになる。『日本書紀』によれば、在位は西暦四五七―四七九年となる。

湯原王《ゆはら》＝志貴《しき》皇子の子ども、天智《てんじ》天皇の孫。兄弟が光仁天皇になったことから、親王へ格上げされた。万葉集に十九首が残る。

吉田石麻呂《よしだのいしまろ》＝吉田老に同じ。

吉田老《よしだのおゆ》＝詳細は本文「食の章・鰻」P44参照。

吉田宜《よしだのよろし》＝もともとは渡来系だったよう。図書頭、典薬頭などを歴任。万葉集に四首が残る。『懐風藻』にも詩が載る。

引用参考文献

『万葉集』（佐竹昭広、木下正俊、小島憲之、塙書房、初版第二六刷、一九八七年）
『万葉集』（小島憲之、木下正俊、佐竹昭広、「日本古典文学全集」小学館、第三刷、一九七五年）
『万葉集』（佐竹昭広、山田英雄、工藤力男、大谷雅夫、山崎福之、「新日本古典文学大系」岩波書店、第一刷、二〇〇〇年）
『俊頼髄脳』（源俊頼、橋本不美男校注・訳『歌論集』「新編日本古典文学全集」小学館、第五版、一九七九年）
『古来風躰抄』（藤原俊成、有吉保校注・訳『歌論集』「新編日本古典文学全集」小学館、第五版、一九七九年）
『万葉集私注』（土屋文明、筑摩書房、新訂版第一刷、一九七六年）
『万葉集注釈』（沢瀉久孝、中央公論社、普及版、一九八四年）
『口訳万葉集』（折口信夫、『折口信夫全集』中央公論社、第五巻、一九七六年）
『万葉秀歌』（久松潜一、講談社学術文庫、二九刷、二〇〇二年）
『私の万葉集』（大岡信、講談社文芸文庫、第一刷、二〇一三年）
『日本書紀』（坂本太郎、家永三郎、井上光貞、大野晋「日本古典文学大系」岩波書店、第二九刷、一九九〇年）
『日本書紀』（小島憲之、直木孝次郎、西宮一民、蔵中進、毛利正守「新編日本古典文学全集」小学館、第一刷、一九九四年）
『古事記』（山口佳紀、神野志隆光「新編日本古典文学全集」小学館、一九九七年）
『懐風藻』（辰巳正明、笠間書院、二〇一二年）
『扶桑略記』（黒板勝美「新訂増補国史大系」吉川弘文館、一九六五年）
『伴氏系図』（「続群書類従」第七輯下、同完成会、訂正三版第三刷、一九八三年）
『万葉植物事典・普及版』（大貫茂、株式会社クレオ、初版第一刷、二〇〇五年）
『日本古代人名辞典』（吉川弘文館、第六刷、一九五九年）

渡辺康則（わたなべ・やすのり）

1950年、静岡県生まれ。慶応義塾大学経済学部卒。1974年毎日新聞社入社。新聞記者として長崎支局、福岡総局などを経て、『サンデー毎日』編集部編集委員、『PC倶楽部』編集長、データベース部長などを歴任。著書に『聖徳太子と「日本書紀」の謎』（コアラブックス）、『万葉集があばく 捏造された天皇・天智（上・下）』『聖徳太子は天皇だった』（大空出版）がある。

みんなの万葉集
万葉びとの暮らしと生きざま

2015年12月10日　初版第一刷発行

著者　渡辺康則
発行者　加藤玄一
発行所　株式会社 大空出版
東京都千代田区神田神保町 3-10-2 共立ビル 8 階
〒101-0051
電話番号　03-3221-0977
ホームページ　http://www.ozorabunko.jp/
※ご注文・お問い合わせは、上記までご連絡ください。

編集　北村純義　村山裕
デザイン　芥川葉子　大類百世
イラスト　ふわこういちろう
校正　齊藤和彦
印刷・製本　シナノ書籍印刷株式会社

乱丁・落丁本の場合は小社までご送付ください。送料小社負担でお取り替えいたします。

ISBN978-4-903175-60-7 C0021

渡辺康則 既刊❷

聖徳太子の実在論争に衝撃の新説！

日本書紀が隠ぺいした

聖徳太子は天皇だった

渡辺康則 著

万葉集に登場する軍王は斉明天皇の恋人であり、蘇我蝦夷であり、天皇だった。

私たちの知る聖徳太子の基本情報は『日本書紀』がもとになっている。しかし、現在ではその多くは創作とされ、非実在説が説かれ、歴史の教科書からその名前が消失するに至った。しかしながら、法隆寺は存在し、『隋書倭国伝』には遣隋使の派遣について記されている。はたして、聖徳太子とは何者なのか？虚実織り交ざる文献を紐解いたときに見えてくる、聖徳太子の実像に迫る！

◎472頁◎四六判◎上製◎2400円＋税

渡辺康則 既刊❶

中大兄皇子は「皇太子」ではなかった！

万葉集があばく
捏造された天皇・天智〈上・下〉

渡辺康則 著

藤原不比等が捏造した日本書紀をあばく万葉史観

「万葉集」。そこには、変則表記、異例記述など不自然な箇所が多く残されている。これまでは編者のミスとして見過ごされてきたが、表記通りに読解すると、この不自然な箇所こそが改ざんされた「日本書紀」を読み解く重要な鍵だった。藤原不比等が隠匿しようとしたものは何だったのか？

◎上巻256頁／下巻240頁◎〈各巻とも〉A5判◎並製◎1400円＋税